악마의 음악

OTHER VOICES

경우勁雨 현대 판타지 장편소설

WISHBOOKS MODERN FANTASY STORY

악마의 음악 4

OTHER AGES

경우勁雨 현대 판타지 장편소설

초판 I쇄 찍은 날 | 2019년 1월 10일
초판 1쇄 펴낸 날 | 2019년 1월 17일

지은이 | 경우
펴낸이 | 예경원

기획 | 위시북스
편집책임 | 이규재
편집 | 위시북스

펴낸곳 | 예원북스
등록번호 | 제396-2012-000132호
등록일자 | 2012. 7. 25
KFN | 제1-356호

주소 | 경기도 고양시 일산동구 호수로 646-24 위너스21 II빌딩 206A호 (우)10401
전화 | 031-819-9431 팩스 | 031-817-9432
E-mail | yewonbooks@naver.com

ISBN 979-11-89824-00-6 04810
    979-11-89564-46-9 (set)

악마의 음악
4
경우勁雨 현대 판타지 장편소설
OTHER VOICES
WISHBOOKS MODERN FANTASY STORY
Wish Books

CONTENTS

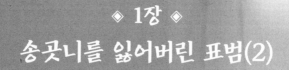

◈ 1장 ◈
송곳니를 잃어버린 표범(2)

렉스 그라인이 맨하튼에 도착하는 데 일주일이 걸렸다. 원래 소속되었던 밴드의 스케줄을 완전히 소화해야 했기 때문이었다.

밴드 멤버들 역시 레오파드의 마지막 콘서트를 기대하는지 주축 멤버인 렉스가 약 4개월간 자신들을 떠난다는 사실에 큰 반감을 가지지 않았다.

건의 전화를 받고 레오파드와의 계약하기 위해 맨하튼에 온 사람은 팡타지오의 손린 이사 본인이었다. 다른 사람에게 맞기지 않고 본인이 직접 계약서를 들고 찾아온 것이다. 레오파드가 워낙 거물급 밴드인 데다가 이 기회에 건과의 관계를 더 돈독히 해야 한다는 것이 손린 자신의 판단이었다.

건의 집에 선물을 잔뜩 사서 방문한 손린이 건과 함께 소파에서 담소를 나누고 있었다.

"건 덕분에 제가 거물급 밴드와 계약을 하게 되었네요. 팡타지오의 이사가 된 후 가장 큰 계약인 것 같아요. 정말 감사해요."

손린이 감사를 표하자 건이 웃으며 말했다.

"제가 받은 섯이 더 많은데요 뭐. 한국에서의 활동도 갑자기 다 중단해서 손해가 좀 있으셨을 테고요."

손린이 아니라는 듯 고개를 저으며 말했다.

"아니에요, 건. 잠시의 금전적 손해에 연연해서는 미래를 볼 수 없습니다."

건이 웃음을 지으며 손린이 바리바리 싸 들고 온 쇼핑백들을 가리켰다.

"그런데 저건 다 뭐에요, 이사님?"

손린이 잠시 잊고 있었다는 듯 쇼핑백들을 가져와 하나씩 설명하기 시작했다.

"아, 이건 병준 매니저가 부탁한 겁니다. 중국 월병인데, 중추절에 먹는 과자예요. 벌써 9월이니 시기가 조금 지났네요. 본가에서 직접 만든 거라고 하니 나중에 맛보세요."

손린의 말에 건이 궁금하다는 듯 그자리에서 포장을 까서 하나를 먹어보았다.

"이거 맛있네요? 좀 퍼석해서 우유랑 같이 먹어야 할 것 같긴 하지만. 이사님도 하나 드세요."

건이 월병 하나를 손린 앞에 밀어놓자 웃으며 다음 쇼핑백을 무릎에 올렸다.

"이건 연주 씨가 보낸 거예요. 직접 만든 옷이라고 하더군요. 나중에 확인해 보세요. 그리고 이건 상미 씨가 보낸 건데, 화장품이라고 하더군요. 안에 사용 방법과 순서를 꼼꼼하게 적어둔 것 같으니 그대로 쓰세요. 피부는 젊을 때 지켜야 한답니다."

건이 고마운 이름들을 하나씩 훑어보며 미소 지었다.

손린이 그런 건을 보다가 아주 작은 쇼핑 백을 들어 보였다.

"그리고 이건 제 선물이에요."

건이 눈을 동그랗게 뜨며 물었다.

"이사님의 선물요? 여기까지 와 주신 것만으로도 고마운데 선물까지 준비하셨어요, 죄송하게."

내뱉는 말과는 다르게 생글생글 웃는 건을 본 손린이 웃음을 터뜨리며 작은 선물을 넘겼다. 포장을 뜯어 보니 별다른 무늬가 없는 반지였다.

건이 손린을 보며 무슨 의미냐는 듯한 눈빛을 보내자 손린이 말했다.

"오기 전에 유명한 기타리스트들을 좀 검색해 보고 왔어요.

다들 손에 반지를 끼고 있더군요. 화려한 무늬의 반지는 오히려 건에게 어울리지 않을 것 같아서 단순한 모양으로 준비했습니다. 마음에 드시나요?"

건이 바로 반지를 손에 껴서 손린에게 보이고는 장난스럽게 웃으며 말했다.

"하하, 저 태어나서 여자한테 반지 처음 받아보는 건데. 그게 이사님이시네요?"

손린이 살짝 얼굴을 붉히며 말했다.

"아, 아니. 그런 의미는 없어요, 그냥 기타리스트의 손에 반지가 있는 것이 멋져서 산 겁니다. 절대로 이상한 오해하지 마세요."

건이 혀를 쏙 빼며 장난스럽게 웃자 당황한 손린이 허둥지둥 다른 작은 쇼핑백을 들며 말했다.

"그, 그리고 이건, 팡타지오의 왕하오 회장님이 보내신 거예요. 저도 무엇인지는 모르니 열어보세요."

건이 손린이 내민 작은 쇼핑백을 받아 들었다. 손린이 준 쇼핑백과 차이가 없을 만큼 작은 백을 갸웃거리며 보던 건이 포장을 열자 조그만 스마트 키가 보였다.

검은 키를 들고 손린에게 보여주며 건이 물었다.

"응? 이게 뭐예요?"

손린이 손을 뻗어 건이 들고 있는 키를 가져다 살펴보곤 웃으며 말했다.

"바이크 키네요, 할리 데이비슨(Harley Davidson) 로고가 박혀 있는 걸 보니."

건이 눈을 반짝이며 물었다.

"예? 전 바이크 면허가 없는데요?"

손린이 웃으며 말했다.

"면허야 따면 되죠. 할리 데이비슨이라면 그 정도 가치는 있지 않나요? 중국에서 배송이 오려면 시간이 좀 걸릴 테니, 그 전에 면허를 따 두세요."

건이 기대된다는 눈빛으로 말했다.

"와, 어머니가 위험하다고 근처도 못 가게 했었는데, 이참에 타봐야겠네요. 회장님께 무척 감사드린다고 전해주세요, 이사님. 아! 이사님 선물도 감사해요."

손린이 미소를 지으며 고개를 끄덕이자, 건이 말했다.

"일단, 렉스 그라인이 합류해서 레오파드는 다 모인 상태이고, 제가 아직 방학이 아니라는 이유로 맨하튼에 숙소를 구해서 다들 함께 있어요."

손린이 담담하게 대답했다.

"네, 보고를 받아 알고 있습니다. 여기서 멀지 않은 곳이더군요. 연습실은 잡았나요?"

건이 고개를 끄덕이며 말했다.

"네, 코릴리아노 교수님께서 아는 분의 녹음 스튜디오를 빌려주셨어요. 당분간 거기서 연습할 것 같고요."

손린이 자신의 백을 열어 준비해 온 서류를 펼쳤다. 서류에는 현재 레오파드 멤버들의 사정과 음악계의 트렌드, 레오파드가 복귀할 경우 기대 효과와 경제 파급력에 대해 자세히 분석한 자료가 있었다.

건이 신기한 눈으로 자료를 살펴보자 손린이 말했다.

"우선 해결해야 할 문제가 있어요, 건."

건이 서류에서 눈을 떼지 않고 물었다.

"네, 뭐예요?"

손린이 서류 한 장을 들어 보이며 말했다.

"자료에 따르면 2000년 레오파드의 마지막 앨범을 끝으로 보컬인 필립 안셀로의 목소리가 이전과는 다르게 변했다는 분석이에요."

건이 몸을 굳히며 손린을 돌아보았다.

"목소리가요? 어떻게요?"

손린이 고개를 저으며 말했다.

"저는 음악의 전문가가 아니에요. 하지만 분석자료에 따르면 이전보다 목소리가 두꺼워졌다고 쓰여 있네요. 이건 직접 알아보셔야 할 것 같아요."

건이 이마를 찌푸리며 손린이 내민 서류를 보았다. 서류에는 2000년도에 발매된 레오파드의 9집 앨범 'Reinventing

The Steel'과 해체 후 슬러지 메탈 밴드 Down에서의 필립 안셀로의 목소리가 다르다고 기재되어 있었다.

건이 고민하다 서류를 접어 한쪽에 놓았다.

"이 건은 제가 알아볼게요. 알려주셔서 감사해요. 실은 제가 Down 앨범을 안 들어봤거든요."

손린이 아니라는 듯 손을 저으며 말했다.

"도움이 되었다면 다행이에요. 이제 연습은 언제부터 시작하나요?"

건이 슬쩍 시계를 본 후 말했다.

"오늘 밤 8시에 첫 연습이 있어요."

손린이 시계를 보니 8시까지는 아직도 세 시간가량이 남아 있었다.

"그렇군요. 전 아시아 쪽 마케팅 전략을 짜둘 테니 연습에 매진하세요."

건이 일어나려는 손린에게 말했다.

"이사님. 이번 아시아 콘서트 기획이 잘 나오면 카를로스 몬타나도 의뢰할지 몰라요. 제가 부탁하지는 않겠지만, 분명 지켜보고 계실 테니까요."

손린이 싱긋 웃으며 백을 어깨에 멨다.

"알고 있습니다. 팡타지오 쪽에서도 기회라고 생각하고 절 직접 파견한 거니까요. 저는 근처의 호텔에 있으니까, 필요한 일이 있으면 바로 전화하세요."

손린이 떠나자 2층의 침실에 올라온 건이 컴퓨터를 켜 Down을 검색했다. 크게 유명세를 떨치지 못했는지 검색 결과가 거의 없었다. 유튜브에 'Philip Anselmo down'라고 검색하니 그제야 라이브 동영상 몇 개가 검색되었다.

건이 동영상 중 'Bury me in Smoke!'라는 영상을 재생한 후 헤드폰을 썼다. 라이브 영상인 듯 필립이 관객들을 향해 말을 하는 영상이 한참 나오고서야 연주를 들을 수 있었다.

'Down'은 슬러지 메탈 밴드답게 묵직한 사운드를 들려주는 밴드였다.

잠시 후, 필립 안셀로의 보컬이 터져 나오고 그를 보는 건의 눈이 깊어졌다.

'확실히 변했다.'

필립의 보컬은 레오파드 때의 날카로움은 줄어들고 좀 더 깊고 굵은 음을 토해내고 있었다.

건이 관자놀이를 만지며 생각했다.

'후우, 이걸 어쩌지? 퇴보한 건 아닌데, 레오파드 때의 보컬 느낌은 아니다.'

건이 한참을 고민하다 시계를 보니 어느새 7시가 넘어가고 있었다.

'일단, 필립에게 이 사실을 말하고 스스로 선택하게 하는 게 맞겠지.'

건이 서둘러 옷을 입은 후 하쿠를 메고 마스크를 쓴 다음 연습실로 향했다.

연습실에 도착하자 조금 일찍 왔는지 아무도 없었다.

스튜디오 밖 작업실의 소파에 앉아 하쿠를 꺼내 들고 연습 삼매경에 빠진 건이 누군가 들어오는 소리를 들은 것은 8시가 살짝 넘은 시간이었다.

먼저 문을 열고 들어온 사람은 비니 파울이었다. 기다리고 있는 건를 본 비니가 뒤를 보며 외쳤다.

"빨리 들어와! 케이가 벌써 와 있잖아."

위에서 후다닥 소리가 들리더니 필립이 얼굴을 내밀었다.

"아, 케이. 늦어서 미안. 사실 일찍 왔는데 담배를 피우느라고."

건이 아무 말 없이 미소 짓자 필립을 따라 렉스가 들어왔다.

며칠 전 미리 다들 얼굴을 익혀두었는지라 어색함 없이 인사를 나눈 넷이 바로 스튜디오로 들어와 악기를 점검하기 시작했다.

필립이 하쿠를 연결하는 건을 보며 말했다.

"뭐부터 해볼까?"

건이 조용히 필립을 바라보자, 필립이 왜 그러냐는 듯 의아한 눈빛을 보냈다.

잠시 말없이 필립을 바라보자 악기 세팅을 위해 시끄럽게 연주를 하던 비니와 렉스가 이상한 분위기를 느끼고 조용히 건을 바라보았다.

모두가 조용해지자 건이 입을 뗐다.

"일단, 필립. 질문할 섯이 있어요."

필립이 양손을 으쓱하며 말했다.

"그래, 해봐. 뭔데 그렇게 무게를 잡아?"

건이 비니와 렉스를 돌아본 후 말했다.

"스스로 목소리가 변했다는 걸 인지하고 있나요?"

건의 말에 필립의 표정이 진지해졌다. 잠시 생각에 잠겼던 필립이 말했다.

"맞아, 좀 더 굵고 묵직해졌지. 그러려고 연습하기도 했고 말이야. 보컬에 깊이가 생겼다는 이야기도 들었어. 그게 왜?"

건이 비니와 렉스를 다시 둘러보며 말했다.

"그 보컬로 레오파드를 재현했다고 할 수 있을지, 멤버들에게 묻고 싶어요, 전."

비니가 생각지도 못했는지 잠시 입을 쩍 벌리고 있다가 이내 심각한 표정으로 턱수염을 매만졌다. 필립이 양손을 펼치고 억울하다는 눈빛으로 말했다.

"아니, 퇴보한 게 아니잖아. 목소리가 더 깊어지고 묵직해졌다니까? 이건 평론가들한테도 좋은 평을 들었던 건데 뭐가 문제야?"

비니가 스틱을 들어 스네어 드럼을 몇 번 치며 모두의 시선을 끌었다.

"케이 말이 일리가 있어."

렉스도 베이스 기타 줄에 손을 얹고 고개를 끄덕였다.

"맞아, 우리의 음악을 하는 것도 중요하지만 듣는 사람이 기대하는 것도 생각해야지."

비니와 렉스가 동의하자 건이 조금 더 확실히 말했다.

"필립. 당신의 지금 목소리가 전보다 퇴보했다는 뜻이 아니에요. 레오파드의 부활을 보고 싶어 하는 사람들이 과연 무엇을 보고, 듣고 싶어서 투어를 찾아오는 것 일지를 생각해 보자는 거예요."

그제야 진중한 표정으로 생각에 잠기는 필립이었다.

필립이 혼자서 스튜디오 밖에서 머리를 쥐어뜯으며 레오파드의 옛 앨범을 듣고 있었다.

1992년에 발표한 'VULGAR DISPLAY OF POWER' 앨범을 재생한 채 헤드폰 속으로 울려 퍼지는 소리에 집중하던 필립이 혀를 내밀고 소리를 내기 시작했다.

스튜디오 안에서는 건이 비니, 렉스와 함께 연주 연습을 하며 필립을 지켜보고 있었다.

필립은 헤드폰을 쓰고 한참 노래를 듣다가, 헤드폰을 벗고 노래를 불러보았다가, 다시 자기 스스로 머리를 쥐어박는 등 이상한 행동을 하고 있었다.

건은 그런 필립의 모습을 보며 웃고 있었다.

한참 고민하던 필립이 헤드폰을 집어던지며 마구 소리를 실렀다.

"으아아아아! 어떻게 했었는지 기억이 안 나!"

건이 비니에게 눈짓하자 비니가 고개를 끄덕이며 연주를 멈췄다. 건이 하쿠를 내려놓고 말했다.

"아무래도 필립 쪽에 도움이 좀 필요해 보이네요. 잠시 나갔다 올게요. 두 분이 연습하고 계세요."

건이 스튜디오 문을 열고 나오자 머리를 벽에 쿵쿵 찍고 있는 필립이 보였다.

건이 조용히 필립에게 다가가 어깨에 손을 올리며 자상한 목소리로 말했다.

"필립, 어렵나요?"

필립이 계속 벽에 머리를 찧으며 말했다.

"두성이 아니라 흉성이었던 것 같아. 지금은 모든 음을 두성으로 내는 것으로 연습해 둬서 흉성을 내는 방법이 기억나지 않을 정도야."

건이 차분하게 필립의 팔을 잡고 소파로 이끌었다. 필립을 소파에 앉힌 건이 옆자리에 앉았다.

"필립. 당신은 체계적인 음악 교육을 받으신 적은 없지만, 뛰어난 보컬로 역사에 남을 필립 안셀로시잖아요. 당신은 할 수 있어요."

필립이 건을 힐끗 본 후 고개를 절레절레 흔들었다. 건이 그런 필립의 어깨를 쓸어주며 말했다.

"필립, 흉성과 두성이란 소리 자체가 허구라는 건 알고 계신가요?"

필립이 무슨 소리냐는 듯 눈썹을 치켜올렸다.

"그게 무슨 말이야? 흉성과 두성이라는 소리 자체가 없다니? 그럼 내가 하는 건 뭔데?"

건이 수첩을 꺼내 사람의 머리와 목의 그림을 자세하게 그렸다. 그림을 다 그린 건이 필립에게 보여주며 입을 열었다.

"자, 보세요. 음성 과학의 발달로 알아낸 사실인데, 사람이 노래할 때 쓰는 소리는 F1과 F2로 나누어진다고 해요. 두성이나 흉성이란 말은 그전에 통용되던 말이었죠. 여기 성대 윗부분부터 혀의 뿌리가 되는 곳까지가 F1이에요. 보통 '후두강'이라고 부르는 곳인데 낮은음으로 노래할 때 이 부분이 공명하게 되죠. 그때 가슴이 울리는데 그래서 흉성이라고 말하는 거예요."

건이 그림의 윗부분을 가리키며 말을 이었다.

"그리고 여기 혀의 뿌리부터 입술까지를 F2라고 불러요. '구강'이라고 부르고 높은음으로 노래할 때 이 부분이 공명하게 되죠. 이때 머리가 진동하기 때문에 두성이라고 해요."

필립이 건이 그린 그림을 자세히 뜯어보며 말했다.

"그림 보길 트레이너들이 말하는 흉성과 두성은 이 F1과 F2라는 말이야? 실제로 머리로 내거나, 가슴으로 내는 소리는 존재하지 않고?"

건이 고개를 끄덕이며 말했다.

"공명진동이라는 운동 때문에 그렇게 느껴지는 거예요. 트레이너들도 대부분 알고 있어요. 단지 가르침을 받는 쪽이 흉성과 두성이라는 단어를 사용했을 때 공명을 더 쉽게 느끼기에 아직 그런 단어를 쓰는 거죠."

필립이 그러냐는 듯 고개를 끄덕이다 물었다.

"그런데, 이런 이론은 나한테 뭐하러 말하는 거야? 지금 나의 상황과 관련이 있는 거야?"

건이 필립이 재생하던 CD의 케이스를 들고 말했다.

"예전에 필립의 목소리 때문이에요. 필립은 저음에서는 완벽한 F1의 소리를 냈고, 고음에서는 F2라기보다는 목을 긁는 소리를 냈어요."

필립이 눈썹을 꿈틀하며 물었다.

"목을 긁어? 그럼 그때는 목으로 노래를 불렀다는 말이야, 내가?"

건이 고개를 저으며 말했다.

"F2에 특유의 목을 긁는 소리를 추가했다고 하는 게 맞을 것 같아요. 라이브 후에는 항상 목이 많이 아프셨을 거고요. 안 그래요?"

그때 비니가 스튜디오 문을 열며 말했다.

"맞아, 그래서 저놈이 쉬는 시간에도 술을 벌컥벌컥 마셨지. 목을 진정시키려고 말이야."

필립이 비니를 쳐다보며 말했다.

"술을 마시면 노래가 더 잘돼서 그랬던 거야."

건이 자신의 허벅지를 치며 말했다.

"그거예요. 목을 긁으니 당연히 목에 무리가 가겠죠. 차가운 술로 식히면 나아졌던 거예요, 필립."

필립이 자신의 목을 매만져 보며 말했다.

"목이라……."

건이 필립에게 가까이 다가가며 말했다.

"'Gate of the cemetery' 박자 변환 부분에서 고함을 내지르는 부분이 있었죠? 그 소리를 한 번 내보실래요?"

필립이 헛기침을 한 후 몸을 뒤로 젖혔다가 앞으로 내밀며 고함을 내뱉었다.

"으아아아아아!"

건이 필립의 소리가 멈추길 기다렸다가 말했다.

"목이 아픈가요?"

필립이 고개를 흔들며 말했다.

"아니? 안 아픈데."

건이 CDP에서 헤드폰을 제거한 후 말했다.

"다시 예전의 목소리를 들어보세요."

건이 CDP를 재생하자 곧바로 필립의 날카로운 목소리가 터져 나왔다.

-끄아아아아아아!

필립의 목소리만 듣고 재생을 멈춘 건이 말했다.

"잘 들어봐요. '으아아아!'가 아니라 '끄아아아!'라고 해요."

다시 CDP를 재생하자, 확실히 발음의 차이가 인지되었다. 필립이 수긍한다는 듯 고개를 끄덕이자 건이 말했다.

"'으아'라는 발음과 '끄아'라는 발음은 큰 차이가 있어요. 으아는 후두강으로 낼 수 있지만, 끄아에서 '끄'는 구강으로만 낼 수 있는 발음이거든요."

필립이 입을 모으고 '으아'와 '끄아'를 반복해 보더니 고개를 끄덕였다.

"맞는 것 같군."

건이 필립의 목 옆쪽을 만지며 말했다.

"F2의 구강의 소리에서 목 옆면을 긁는다고 생각하고 질러 보세요. 목이 아파야 합니다."

필립이 한숨을 한 번 내쉰 후 몸을 뒤로 젖혔다.

등을 써서 온몸에 공기를 모은 필립의 입에서 날카로운 비명이 터져 나왔다.

"끄아아아아아아아아아!"

일순간 작업실이 조용해졌다. 비니가 놀란 눈으로 필립을 바라보았고, 필립 역시 놀란 눈으로 자신의 목을 만져보고 있었다. 필립은 눈을 크게 뜨고 자신의 목을 만져보다 건을 돌아보며 말했다.

"모…… 목이 아파. 목이 아프다고!"

비니가 다가오며 놀란 얼굴로 건과 필립을 번갈아 보며 말했다.

"예전 목소리 그대로인데?"

렉스가 스튜디오 안의 창문에 붙어 엄지를 치켜들자 필립이 밝은 목소리로 말했다.

"이거다, 이거야! 케이."

건이 아무 말 없이 그저 웃어주자 신이 난 필립이 스튜디오 밖으로 뛰쳐나가며 외쳤다.

"너희들은 여기서 연습들 좀 하고 있어. 난 따로 연습할게!

내일 다시 보자고!"

건이 급하게 나가는 필립의 등에 대고 외쳤다.

"필립! 파사지오나 브릿지에서만 F2를 내는 거예요. 처음부터 끝까지 그렇게 부르면 한 곡도 안 되어서 성대 결절이 올 거예요!"

필립이 알아들었다는 듯 황급히 손을 흔들며 사라졌다. 비니가 놀랐다는 얼굴로 건을 보며 말했다.

"너 뭐냐?"

"예?"

"아니, 저놈이랑 초창기부터 함께한 우리도 해결책을 못 찾은 건데, 연습한 지 얼마나 됐다고 벌써 해결을 해? 천재라고 불리는 건 알지만 이건 사기잖아!"

건이 비니가 돌려서 칭찬해 주는 것을 느끼고 배시시 웃음을 지었다.

"하하, 저 원래 레오파드 팬이었다니까요. 필립의 보컬도 대럴의 기타만큼이나 좋아했고요. 자, 우리는 우리 연습을 하죠. 투어까지 얼마 안 남았어요."

비니가 드럼 스틱을 공중으로 던졌다 잡으며 물었다.

"아참, 프로모션 비디오 말이야. 그거 컨셉 봤는데 별로더라고. 넌 어때?"

건이 스튜디오로 들어가며 말했다.

"음, 컨셉만 봐서는 잘 모르겠던데요. 이상해요?"

스튜디오 안에 있던 렉스가 고개를 빼며 비니의 의견에 동의했다.

"임펙트가 없어. 그냥 레오파드가 돌아왔다, 언제 공연한다, 이게 뭐야?"

비니도 동의한다는 듯 양 손을 어깨에 올리며 말했다.

"맞아, 컨셉이 좀 밋밋하더라고."

렉스가 고개를 끄덕이자, 비니가 말했다.

"저기, 케이. 필립이 네 동영상 찾아보래서 보다가 보게 된 건데…… 너, 한국에서 예능 찍은 거 있지? 그거 중국 갈 때 예고편 동영상 찍었었잖아? 그거 임펙트 죽여주던데. 한국 PD가 만든 거야?"

건이 잠시 생각해 보다가 고개를 저었다.

"아니요, 그거 촬영 영상만 보내고 제작은 중국에서 했다고 들었어요."

비니가 은근한 어조로 말했다.

"혹시 누가 만들었는지 알아? 우리 쪽도 한번 컨셉 잡아보라고 했으면 좋겠는데."

건이 갸우뚱하며 말했다.

"어제 보셨잖아요?"

비니와 렉스가 갑자기 무슨 소리를 하냐는 듯 의아한 눈으로 건을 보았다.

"응, 어제? 언제?"

건이 눈을 동그랗게 뜨고 말했다.

"어제 동북아시아 쪽 계약하셨잖아요. 팡타지오 손린 이사님이요."

렉스가 입가를 막 문질러 대며 말했다.

"그 섹시한 동양 여자 말이지? 그 몸매 죽여주는, 그 막 걸어올 때 출렁출러…… 윽!"

비니가 렉스의 뒤통수를 때리며 말했다.

"애한테 못 하는 소리가 없어!"

렉스가 입을 쭉 내밀고 비니에게 맞은 뒤통수를 매만지며 말했다.

"아니, 얘는 섹시한 거 모르냐? 나는 16살 때 첫 경험을 했……."

비니가 다시 손을 올리자 찔끔하며 자라목을 하는 렉스였다. 건이 렉스의 모습이 웃겼는지 손으로 입을 가리며 웃었다.

비니가 그런 건을 보며 말했다.

"그 사람 사업 이사 아니었어? 제작도 하는 거야?"

건이 어깨를 으쓱하며 말했다.

"저도 자세한 건 모르는데, 그 예고편 제작할 때, 손린 이사님이 전체 컨셉을 짰다고는 들었어요."

비니가 드럼 스틱으로 자신의 허벅지를 톡톡 치며 고민하다 말했다.

"어차피 그쪽도 우리랑 계약하긴 했으니까, 프로모션 비디오는 아예 그쪽에 맡겨 보는 게 어때? 그쪽에는 제작만 맡기고 유통은 이쪽 미국 회사에 맡기면 이쪽 회사도 큰 불만은 없을 것 같은데."

건이 잠시 고민하다 말했다.

"그러죠, 뭐. 그런데 미국 쪽에서 계약한 회사에서 불만 없는 건 확실한가요?"

비니가 드럼 스틱으로 자신의 가슴을 치며 말했다.

"야! 우리가 갑이야, 게네가 을이고. 잊었나 본데 우리 레오파드라고!"

렉스가 비니의 옆에서 손가락을 오므리고 입으로 '캬오!' 소리를 냈다.

건이 웃음을 지으며 말했다.

"그래요. 레오파드였죠. 하하. 그런데 REOPARD가 독일어에요, 스페인어에요?"

비니가 수염을 쓰다듬으며 말했다.

"스페인어야. 독일어인 줄 아는 애들이 많더라고. 스페인어로 표범이란 뜻이지. 동생이 떠난 후에는 송곳니를 잃었다는 이야기를 듣고 있지만 말이야."

건이 싱긋 웃으며 말했다.

"잃어버린 송곳니. 이제 찾아야죠?"

비니와 렉스가 서로 마주 보다가 건을 보며 고개를 끄덕이며 동시에 말했다.

"당연하지!"

건이 다시 하쿠를 어깨에 메며 말했다.

"그럼 송곳니를 찾으러 가볼까요? 연습 시작합시다!"

워싱턴에 위치한 팀 커튼의 저택.

TV 앞에서 축구를 보고 있던 팀 커튼이 옆자리에 앉은 조니 립을 보며 말했다.

"이번 시즌은 라리가보다 EPL이 더 재미있지?"

팀 커튼의 질문에 조니 립이 고개를 끄덕이며 테이블 위에 있는 맥주를 마셨다.

"EPL도 첼시의 독주이긴 하지만 토트넘이 무서운 기세로 쫓아가고 있으니까요, 라리가는 항상 두세 팀이 다 해 먹는 리그니까 아무래도 올해는 엎치락뒤치락하는 EPL 쪽이 더 재미있긴 하네요."

팀 커튼이 맥주를 한 모금 마시며 별것 아니라는 듯 지나가는 말로 물었다.

"맨슨 뮤직비디오 봤어?"

조니 립이 당연한 걸 왜 묻냐는 듯 말했다.

"그거 지금 조회 수가 얼만데 그래요? 전자 제품 끼고 사는 현대인이라면 안 볼 수가 없죠. 죽이던데요?"

팀 커튼이 싱긋 웃으며 말했다.

"내가 말했지? 케이를 앵글에 담을 거라고. 역시 어떤 배우보다 빛나는 녀석이야. 연기력은 좀 아니지만."

조니 립이 자신을 가리키며 웃는 얼굴로 말했다.

"연기력으로 말하자면 나 정도는 돼야지요, 안 그래요?"

팀 커튼이 다시 골프채를 찾으려는 듯 주위를 두리번거리자 조니 립이 얼른 일어나며 말했다.

"맥주 더 가져올게요! 더 마실 거죠?"

질문에 대한 대답은 중요하지 않은지 후다닥 냉장고로 뛰어가는 조니 립을 보던 팀 커튼이 피식 웃으며 다시 TV로 시선을 돌렸다.

축구 경기의 전반전이 끝나고 광고를 하는 시간이었는데, 평소 팀 커튼은 감각적인 센스로 촬영한 광고들을 보는 것을 즐겼다. 소파에 반쯤 누워서 양손을 머리 뒤로 벤 다음 편한 자세로 다리를 꼬고 광고를 보던 팀 커튼이 고개를 갸웃하며 말했다.

"어! 뭐야 저건?"

조니 립이 양손에 맥주 네 캔을 나눠 들고 다가와 물었다.

"뭐가요?"

팀 커튼이 말없이 TV를 가리키자, 조니 립이 시선을 돌렸다. 화면에는 검은 배경에 포효하고 있는 표범의 얼굴이 떠올라 있었다. 날카로운 표정의 표범이 금방이라도 뛰쳐나와 공격할 것 같은 살기를 흘리고 있었다.

조니 립이 테이블 위에 맥주를 놓으면서도 TV에서 시선을 떼지 않고 재빨리 자리에 앉으며 말했다.

"어휴, 표정 한번 살벌하네. 근데 쟤는 왜 이빨이 없지?"

팀 커튼이 조니 립의 말을 듣고 표범의 입을 자세히 보니, 찢어져라 벌린 입속에 송곳니가 없었다. 잠시 후 표범이 사라지고 다시 화면이 블랙아웃 되었다. 방송사고인가 싶을 만큼 약간 긴 적막이 흐르고, 흑백 영상이 갑자기 재생되었다.

촬영 중인 카메라가 좌우로 흔들리며 찍어낸 혼란스러운 장면들이 계속해서 나왔다. 사람들이 손을 들고 누군가를 외치며 헤드뱅잉을 하고 있었다.

무대 위에서 록 그룹이 열정적인 연주를 하고 사람들이 흥분된 마음에 슬램을 하던 순간, 총성이 울리고 비명 소리가 화면을 가득 채웠다. 흑백 화면은 좌우로 끊임없이 떨리며 당시의 긴박했던 현장을 그대로 느낄 수 있게 해주었다.

무대 위로 올라간 관객 하나가 권총을 꺼내 연주자들을 쏘기 시작했다. 총에 맞은 연주자들이 쓰러지는 광경은 모자이크 처리되었지만, 주위의 비명 소리와 도망가는 사람들이 카메라를 건드려 엄청나게 흔들리는 화면이 더해져 무척 긴장되는 장면이었다.

조니 립과 팀 커튼이 화면 속으로 빨려들 듯한 표정으로 뚫어져라 TV를 보고 있었다.

화면이 전환되며 누군가가 엠뷸런스에 실려 가는 장면이 나왔다. 머리가 길고 턱수염이 가득한 남자였는데, 구조대가 엠뷸런스에 그를 싣는 순간 침대 밖으로 팔을 툭 떨어뜨렸다. 다시 화면이 블랙아웃 되며 하얀색 글씨가 화면에 떠올랐다.

2004년 12월 8일. 우리는 표범의 송곳니를 잃었다.

화면에서 글자가 흩어지듯 사라지고, 다시 하얀 글자가 떠올랐다.

그리고 2017년 11월 8일.

화면이 전환되며, 연습실으로 보이는 공간이 나타났다. 누군가 드럼을 치고 있었다. 빠른 비트의 박자를 정확한 박자감으로 두드려대는 드러머가 긴 파마머리를 앞으로 드리우고 고개를 숙이고 있었다.

몇 초간 드럼을 치던 드러머가 옆에서 검은 모자를 들어 머리에 거꾸로 쓰고는 고개를 들었다.

TV를 보던 조니 립이 벌떡 일어나 삿대질하며 외쳤다.

"비니 파울이다, 레오파드다!"

비니 파울이 나른 한쪽을 보며 눈짓한 후 다시 드럼을 치기 시작했다.

드럼의 비트 위에 그루브한 베이스 기타가 올라탔다. 화면이 오른쪽으로 돌아가자 역시 검은 모자를 거꾸로 쓰고 있는 턱수염 가득한 마른 남자가 베이스 기타를 어깨에 메고 기타를 치고 있는 모습이 나왔다.

조니 립이 들고 있던 맥주 캔을 와락 구기며 외쳤다.

"레, 렉스 그라인!"

드럼과 베이스가 내는 그루브한 연주 위에 누군가의 포효소리가 터져 나왔다.

"끄아아아아아아아!"

엄청난 포효소리가 마치 표범의 울음같이 터져 나오자 드럼과 베이스 연주의 비트가 빨라졌다.

화면이 다시 이동해 마이크를 들고 포효하는 구레나룻을 기른 스킨헤드 남자의 옆 모습을 비추기 시작했다. 그는 눈을 감고 몸을 뒤로 젖히고 천장을 보면서 계속해서 포효를 지르고 있었다.

조니 립이 소리가 안 나오는지 TV 화면 쪽으로 손가락을 가리킨 채 팀 커튼을 보며 말했다.

"피, 필립…… 피, 필립 안셀로에요!"

다시 화면이 블랙아웃되고 누군가의 목에 걸린 면도날 모양의 목걸이가 클로즈업되었다. 죽은 다임 벡 데럴의 상징과도 같은 면도날 목걸이가 화면 가득 출력되는 동안에도 그들의 연주는 멈추지 않았다.

잠시 클로즈업되었던 카메라가 점점 멀어지며 목걸이 주인의 모습이 조금씩 드러났다. 하얀 목에 하늘색 셔츠, 셔츠 위에 검은 반코트를 입고 가죽 바지를 입은 사람의 얼굴을 제외한 다른 모든 곳이 한 화면에 잡혔다.

잠시 후 그가 옆에 세워둔 기타를 집어 들었다.

팀 커튼이 기타를 보더니 얼빠진 목소리로 말했다.

"화이트 팔콘? 서, 설마……?"

화이트 팔콘을 어깨에 멘 남자가 연주를 시작했다. TV에서 울려 퍼지는 기타 소리는 천재 기타리스트 다임 벡 대럴의 연주와 다르지 않았다.

온몸이 난자당하는 듯한 착각을 주는 날카로운 피킹이 팀 커튼과 조니 립의 뇌리를 꿰뚫었다.

조니 립이 놀라 손에 든 빈 맥주 캔을 바닥에 툭 떨어뜨렸다.

기타를 연주하던 사내의 목 아랫부분을 비추던 카메라가 블랙아웃 되었다.

잠시 후 화면에는 맨 처음 보였던 송곳니 없는 표범의 얼굴이 떠올랐다. CG 처리를 했는지 표범의 얼굴이 점점 더 사납게 일그러졌다. 그리고, 다시 날카로운 송곳니가 돋아났다. 새로 돋아난 이는 아래턱을 넘어 목 부근까지 길게 늘어졌다.

화면이 블랙아웃되고, 화면에 피로 쓴 듯한 붉은 글자가 떠올랐다.

송곳니를 되찾은 표범이 돌아왔다!

카메라는 다시 한번 밴드를 비추고 필립 안셀로가 날아오르며 포효를 내지르자, 비니 파울이 역동적인 동작으로 드럼을 치고, 렉스 그라인이 긴 머리가 바닥에 닿을 정도로 고개를 숙인 채 베이스 기타 줄이 끊어져라 연주했다.

밴드의 연주 소리가 점점 커지며 다시 기타의 도입부가 되자, 화이트 팔콘의 헤드 부분부터 클로즈업해서 기타 바디까지 빠르게 훑고 지나간 카메라가 멀어지며 기타리스트의 얼굴이 드디어 공개되었다.

케이의 역동적인 기타 연주가 화면을 가득 메우고 곧 케이의 얼굴이 클로즈업되었다. 케이가 무표정한 얼굴로 카메라와 눈을 맞춘 후 몇 초가 지나자 씨익 웃었다.

다시 화면이 블랙아웃되고 하얀 글씨가 화면에 새겨졌다.

11월 08일 오하이오주 콜럼버스 오하이오 스타디움.

화면에서 글자가 흩어진 후 다시 새로운 글자가 떠올랐다.

13년 전 송곳니를 잃은 바로 그곳에서 다시 전설이 일어선다.

화면이 다시 검게 변한 후 축구 경기 후반전 시작을 알리는 휘슬 소리가 울렸다. 숨도 쉬지 못하고 화면을 보던 조니 립이 마치 숨 쉬는 것을 잊어버렸다가 황급히 내쉬는 것 같이 거친 숨을 토해냈다.

"헉! 허억, 허억! 티, 팀! 방, 방금 그거 케, 케이 맞죠?"

팀 커튼도 역시 멍한 눈으로 축구 경기가 중계되는 TV에서 눈을 떼지 못한 채 중얼거렸다.

"이 녀석이 또 사고 쳤군……."

팀 커튼이 테이블에 놓인 김 빠진 맥주를 보며 고개를 절레절레 저은 후 조니 립이 가져온 새 맥주를 따르며 말했다.

"어떻게 가는데 마다 사고도, 대형사고만 골라서 치냐. 공부하겠다는 놈이……"

조니 립이 멍하게 팀 커튼을 보고 있다가 화들짝 놀라며 자리에서 벌떡 일어났다.

"아! 티, 팀! PC 어디 있어요?"

팀 커튼이 일어 선 조니 립을 올려다보며 물었다.

"PC는 갑자기 왜?

조니 립이 발을 동동 구르며 소리를 질렀다.

"표, 표! 예매해야 해요! 빨리! 어디 있어요?"

팀 커튼이 어이없다는 듯한 표정으로 말했다.

"임마, 그냥 케이한테 전화하면 되잖아?"

조니 립의 눈이 커지더니 황급히 주머니를 뒤져 전화기를 들었다.

팀 커튼이 손짓으로 스피커폰으로 하라는 신호를 보내자 스피커폰 버튼을 누른 후 테이블 위에 전화기를 놓고 소파에 앉은 조니 립이 신호가 가는 전화기를 초조한 눈으로 보고 있었다.

"여보세요, 조니?"

"오, 케이. 나야!"

"네, 알죠. 아직 워싱턴이에요?"

"어, 어! 아니 그게 아니라 방금 광고 봤어!"

"아, 저도 방금 봤어요. 그게 첫 방영이라 모두 모여서 보고 있었거든요."

"최, 최고야! 나 진짜 놀라서 심장이 멈출 뻔했어!"

"하하, 레오파드 팬인 줄 몰랐네요."

"무슨 소리 하는 거야. 내 나이 사람에게 레오파드는 신이야, 신!"

"하하, 필립. 당신한테 신이래요, 하하!"

전화기 멀리서 남자들의 와자지껄한 소리가 잠시 울려 퍼지고 다시 케이의 목소리가 흘러나왔다.

"옆에 다 있는데 바꿔 드려요?"

"어? 어, 어!"

"누구 바꿔 드려요?"

"나, 나! 필립 안셀로!"

"하하, 잠깐만요."

전화기를 타고 굵고 터프한 남자의 목소리가 흘러나오자 긴장한 조니 립이 손을 바르르 떨었다.

"여보세요, 조니 립 씨?"

"아, 아. 예! 미스터 안셀로! 반갑습니다, 팬입니다!"

"하하, 제가 더 팬이죠. 영광입니다."

"아닙니다! 제 젊은 시절 우상 같은 분들이라 꼭 한번 뵙고 싶었습니다!"

"하하, 그래요? 그럼 투어에 놀러 오시면 되겠네요."

"예! 꼭, 꼭! 가겠습니다!"

"하하, 그럼 그때 봐요. 케이 다시 바꿔 드릴게요."

"예, 예!"

잠시 전화기를 타고 왁자지껄한 목소리가 난 후 케이가 다시 전화를 받았다.

"예, 조니."

"응! 미안한데, 나 표 좀 구해 줄 수 있어?"

옆에서 듣고 있던 팀 커튼이 손을 들어, 조니 립을 툭 치자 조니 립이 다시 말했다.

"아! 나랑 팀 거랑 해서 두 장만 줄 수 있을까?"

"하하, 이미 VIP 자리로 빼놨죠. 우리 일 봐주시는 이사님이 이미 팀 감독님 댁으로 보냈을 걸요?"

"오! 그래? 하하, 역시 케이야. 고마워!"

"아니에요. 그럼 그날 봐요, 조니."

"응! 꼭 갈게!"

옆에서 엿듣고 있던 팀 커튼과 조니 립이 일어나 껑충 뛰며 하이파이브를 했다.

◈ 2장 ◈
Return to REOPARD

미국 오하이오 주 콜럼버스에 위치한 오하이오 스타디움
(Ohio Stadium).

부산하게 움직이며 무대를 제작하고 있는 스텝들을 바라보
며 손린과 건이 무대 정면의 부스에서 이런저런 대화를 나누
고 있었다.

건이 엄청난 크기의 스타디움을 둘러보며 말했다.

"엄청나게 큰 경기장이네요, 총 몇 석이에요?"

손린이 무대 설비를 체크하는 서류를 들고 펜으로 표기하
며 말했다.

"총 104,944석이에요, 케이. 무대 바로 뒤의 좌석들은 사용
하지 않으니 약 9만석 정도로 생각하면 됩니다."

건이 눈을 동그랗게 뜨며 물었다.

"9만 석이요? 그게 다 찰까요?"

손린이 서류를 접으며 말했다.

"이미 예매율 100퍼센트예요. 사전 예매로 판매한 티켓은 63,000장이었습니다. 당일 현장 발권할 표는 남겨두었어요. 하지만 현장 발권이 안 되더라도 이미 이 투어의 관객 수는 6만 명이 넘었어요."

건이 놀랐다는 듯 큰 소리로 말했다.

"예? 벌써 6만 장이 넘게 나갔다고요?"

손린이 품 안에서 스마트폰을 꺼내 관련 자료 화면을 내밀며 말했다.

"트레일러로 제작한 비디오의 미국 내 조회 수가 이미 100만 건을 넘었어요, 케이. 오늘 공연이 끝나면 유럽과 아시아 쪽에서도 방영될 겁니다."

건이 손린이 내민 스마트폰 화면을 멍하게 보고 있자, 스마트폰을 건의 손에 쥐여준 손린이 말을 이었다.

"REOPARD의 이름으로 신규 등록한 SNS 계정의 팔로워가 300만이 넘었습니다. 그중에 10분의 1만 투어에 온다고 가정해도 30만이 넘겠죠."

건이 믿기지 않는다는 표정으로 말했다.

"300만이라니…… 미국 내에서만 300만인 건가요?"

손린이 고개를 저으며 말했다.

"아닙니다. SNS 팬 페이지는 전 세계를 상대로 열었습니다. 다만 오픈한 지 6일밖에 안 되서 아직은 그 수가 적어요. 천만 은 넘겨야 합니다."

건이 얼떨떨한 표정으로 말했다.

"여기서 더 늘어난 다고요? 레오파드의 인기가 대단하긴 한 가 보네요."

손린이 손가락을 까딱이며 말했다.

"레오파드 자체도 인기가 많지만, 트레일러의 핵심 메시지가 주효했죠. 13년 전 천재 기타리스트 다임 벡 대럴이 사망했던 이 공연장에서 다시 일어서는 레오파드니까요. 거기에 잠시뿐 이었지만 건의 연주는 듣는 사람에게 다임 벡 대럴이 돌아온 것 같은 느낌을 받게 했어요."

건이 살짝 긴장된다는 표정으로 주먹을 꼭 쥐었다.

"그 이야기는 조니도 했어요. 이거 여기서 제가 잘못하면 공 연 다 망치겠네요."

손린이 고개를 끄덕이며 말했다.

"그래요. '소문난 잔치에 먹을 것 없다'는 속담처럼 되면 안 되겠죠. 건의 역할이 큽니다. 첫 투어가 성공적이어야 마지막 까지 힘을 잃지 않을 거예요. 부디 잘 부탁합니다.

건이 손린과 눈을 마주 보며 힘차게 고개를 끄덕였다.

"최선을 다할게요."

손린이 자리에서 일어나며 가방을 어깨에 건 후 무언가를 꺼내 내밀었다.

"이건 현장 발권용 티켓이에요. 혹시 몰라서 열 장을 준비해 뒀으니 이건 건의 손님에게 주세요."

건이 티켓을 받아 들며 웃었다.

"제 손님이 있을까요? 가족들은 한국에 있고, 교수님들은 이미 예매를 하셨다고 하더라고요."

손린이 웃으며 말했다.

"혹시 모르니 가지고 계세요."

손린이 건의 어깨에 묻은 먼지를 털어주며 말을 이었다.

"이제 하루 남았네요. 저는 오늘 여기서 밤을 새야 할 것 같으니 건은 어서 마지막 점검을 하도록 하세요. 내일 공연의 퍼포먼스는 모두 기획이 끝났으니까요."

건이 자리에서 일어나며 웃는 얼굴로 말했다.

"트레일러 영상을 본 비니가 이사님께 미국 공연의 기획도 맡겨보자는 말을 할 만했어요. 최고예요."

손린이 무대 뒤로 돌아가며 싱긋 웃었다. 건이 엄청난 크기의 관중석을 돌아보며 생각했다.

'내일이다, 드디어 내일. 내가 이곳에 선다.'

건이 하쿠를 메고 마스크를 쓴 후 경기장 밖으로 나왔다.

큰 경기장을 돌아 나가자 정문 쪽에 사람들이 늘어선 것이 보였다.

많은 사람이 모인 것을 본 건이 고개를 갸웃하며 다가갔다. 바닥에 주저앉아 핸드폰을 보거나, 음식을 먹던 사람들이 마스크를 쓴 걸 힐끗 보았다. 건이 다가가 십대로 보이는 소년에게 물었다.

"저기, 여기 뭐 하나요? 왜 이렇게들 모여 계세요?"

바닥에 주저앉은 채 샌드위치를 먹던 소년이 입을 닦으며 건을 올려다보았다.

"여기 내일 레오파드 투어하잖아요. 예매를 못 해서 현장 발권을 기다리는 거예요."

건이 눈을 동그랗게 뜨며 물었다.

"예? 공연은 내일인데…… 벌써요?"

건이 손을 들어 손목시계를 보니 오후 12시 30분밖에 되지 않았다. 손을 내리고 다시 소년을 보자, 소년이 피식 웃으며 말했다.

"내일 오면 늦어요. 아마 오후 늦은 시간이 되면 밤새고 기다릴 마음으로 오는 사람들이 텐트까지 짊어지고 올 거예요. 저도 형이랑 같이 텐트를 가져왔고요. 그쪽도 공연 보고 싶으시다면 지금부터 줄 서는 게 좋을 걸요?"

건이 얼이 빠진 얼굴로 점점 길게 늘어서는 줄을 바라보았다.

그렇게 늘어선 줄 사이로 익숙한 얼굴들이 보였다. 눈이 커진 건이 빠르게 걸어가 보니 바닥에 주저앉아 쪼그리고 앉아 있는 두 명이 좀 더 확실히 보였다.

건이 조그만 목소리로 불렀다.

"아비게일? 케이트?"

바닥에 쪼그리고 있던 두 여인이 고개를 들고 건을 보았다. 잠시 건을 보던 두 사람의 표정이 밝아지며 입을 열려 하자 건이 검지를 입술에 댔다.

무언가 말을 하려다 멈춘 두 사람이 고개를 끄덕이자, 건이 엄지를 들어 뒤를 가리켰다. 재빨리 옆에 둔 짐들을 챙긴 아비게일과 케이트가 건을 뒤따라왔다. 경기장 뒤에 있는 주차장으로 간 건이 뒤를 돌아보며 활짝 웃었다.

"아비게일, 케이트! 여기까지 온 거예요?"

아비게일이 환한 얼굴로 건에게 말했다.

"케이! 트레일러 영상 보고 왔어요. 바로 예매하려고 했는데 사이트 오픈하고 한 시간 만에 매진이더라고요. 그래서 케이트랑 하루 일찍 왔어요."

건이 웃는 표정으로 말했다.

"전화를 주셨으면 미리 표를 드렸을 텐데요."

그 말에 아비게일이 볼을 부풀리며 말했다.

"전화번호 안 줬잖아요. 다니엘 웨이스 씨도 오고 싶어 하시는 눈치였는데, 표를 못 구하셨대요."

머쓱해진 건이 뒤통수를 긁으며 사과했다.

"아…… 그랬나요? 하하, 미안해요."

그 옆에서 듣고 있던 케이트가 자연스럽게 건의 팔짱을 끼며 말했다.

"그래도 그 덕에 케이를 따로 만나게 됐으니 됐죠. 케이 완전 스타 됐던데요?"

건이 케이트가 낀 팔짱을 보며 어색하게 웃자 아비게일이 케이트의 손을 찰싹 때리며 말했다.

"케이트! 쓸데없이 스킨십 하지 마요!"

케이트가 눈을 흘기며 팔짱을 빼자, 건이 주머니에서 티켓을 꺼내주며 말했다.

"여기 따로 받아둔 티켓이 있으니까, 기다리지 마시고 쉬시다가 내일 오세요. 여기요."

아비게일이 건이 내민 티켓을 보며 눈이 커졌다.

"으와와! 고마워요, 케이!"

케이트가 아비게일이 손에 쥔 티켓 중 한 장을 빼앗아 가며 말했다.

"한 장은 제 것 맞죠, 케이?"

건이 웃으며 대답했다.

"물론이죠, 하하. 호텔은 근처에 잡으셨나요?"

케이트가 고개를 저으며 말했다.

"오늘 여기서 밤샐 생각이었던 지라 호텔은 안 잡았어요. 이제 잡아봐야죠."

건이 곤란하다는 얼굴로 말했다.

"아, 지금 이 주변 호텔에 방이 없을 텐데…… 잠시만요"

건이 전화기를 들어 손린에게 전화를 걸었다.

"아, 이사님. 건이에요."

"네, 건. 무슨 일이죠?"

"아, 오늘 현장에서 밤새신다고 하셨죠? 혹시 호텔을 잡아두셨나 해서요."

"네, 일단 잡아는 뒀지만, 오늘은 못 들어갈 것 같아요."

"아, 그렇군요. 이런 말씀드려서 죄송하긴 한데…… 제 지인 두 분을 우연히 만났어요. 아직 호텔을 못 잡으셔서 곤란한 상황이신 것 같은데 이분들이 여성이라서 제 방에 모시긴 좀 그래서요."

"아, 그래요? 어차피 안 들어갈 거니 제 방을 쓰도록 해드릴게요."

"감사해요, 이사님. 밤새 일하셔야 할 텐데 죄송해요."

"아니에요, 그럼 키 받으러 오세요."

"네, 바로 갈게요!"

건의 통화를 기대에 찬 눈으로 보던 케이트가 환호했다.

"끼야! 공짜 티켓에 공짜 호텔이닷!"

건이 웃으며 둘과 함께 무대를 준비 중인 공연장에 들어가 손런에게 호텔 키를 받아 전달한 후 내일을 기약하며 헤어졌다.

아비게일이 저녁 식사를 함께 하자고 했지만, 내일 공연 준비를 이유로 거절한 건이 자신의 호텔 방으로 돌아와 누웠다. 잠시 누워서 하쿠를 튕겨보던 건이 기타를 손에 든 상태로 잠이 들었다.

다음 날.

오하이오 스타디움의 상공에 오전부터 여덟 대의 헬기가 떴다. 헬기에는 모두 로프에 몸을 고정한 카메라맨이 문을 연 상태로 아래를 촬영하고 있었다.

"CMN의 로베리트 페리 기자입니다! 저는 오늘 다시 일어서는 전설 레오파드의 공연 현장을 중계하기 위해 이곳에 와 있습니다."

헬기의 강풍에 머리가 휘날리는 백인 남성이 CMN의 로고가 박힌 마이크를 들고 헬기에 앉아 들뜬 목소리로 외부 모습을 중계하고 있었다.

"1,100m 상공에서 보이는 이곳에서도 경기장 내부로 끊임없이 진입하고 있는 관객들의 물결이 보입니다! 현재 예약 티켓을 구매한 관객부터 선 입장이 이루어지고 있는데요! 경기장 입구에 있는 빅토리아를 연결해 보겠습니다. 빅토리아 기자 나와주세요."

여기자가 경기장 정문 앞에 서서 마이크를 잡고 있었다. 기자의 양옆으로 늘어선 관객들이 서마나 해괴한 표정을 시으며 손을 올리거나 혀를 길게 빼고 있었다.

여기자가 긴박한 음성으로 외쳤다.

"네! 오하이오 스타디움에 나와 있는 빅토리아 라체티 기자입니다! 이곳에는 현장 구매를 하기 위해 밤을 새우며 기다린 팬들이 있는데요. 어젯밤 12시 이후에 도착한 관객은 티켓을 구매하지 못할 정도로 열기가 뜨겁습니다!"

빅토리아가 자신의 손목시계를 본 후 다시 마이크를 잡고 말했다.

"공연 시작까지 앞으로 두 시간이 남았는데요. 티켓을 구하지 못한 관객들이 경기장 주변을 떠나지 않고 있어 콜럼버스 경찰 당국이 보안을 위해 경찰 배치를 결정지었습니다. 속속들이 경기장에 도착한 경찰들이 주변을 정리하고 있습니다!"

그때 카메라가 경기장 주변에 세이프티 라인을 설치하고 관객들을 라인 밖으로 밀어내는 덩치 큰 경찰들을 비추었다.

과격한 록 팬들이라 경찰들과 몸싸움을 하며 신경질을 내는 모습이 화면 이곳저곳에서 보였다.

다시 카메라가 빅토리아를 비추자 마이크를 든 빅토리아가 더욱 긴박한 목소리로 말했다.

"이곳 현장의 열기가 무척 뜨겁습니다. 그래서 과격하기로 이름 높던 레오파드의 팬들로 인해 발생할 수 있는 돌발 상황에 대비하고 있는 경찰들은 긴장을 놓지 못하고 있습니다. 이상 CMN 뉴스. 빅토리아였습니다!"

빅토리아의 멘트가 끝나고도 카메라는 계속 물밀듯이 경기장으로 들어가고 있는 관객들을 찍고 있었다.

이날 미국의 모든 뉴스 채널이 레오파드의 투어를 헤드라인 뉴스로 잡고, 공연이 끝날 때까지 외부 상황을 중계했다.

또한, 콘서트장 내부에서 발생할 수 있는 폭력사태에 대비해 기자들이 스타디움 내부에 있는 기자실에서 대기하고 있었다.

어느덧. 공연 시작까지 30분을 남기고 있었다.

9만 관중이 꽉 들어찬 오하이오 스타디움.

공연 시작 두 시간 전부터 입장한 관객들이 관객석과 경기장의 스탠딩 관객석까지 꽉 차 있었다.

록 팬들답게 머리가 길거나, 스킨헤드에 문신이 있는 등 특색 있는 모습을 한 관객들이 공연 시작이 가까워지자 점점 흥분하기 시작했다.

"으아아아! 빨리 시작하자!"

"트레일러 보고 나서 잠도 못 자고 기다렸어!"

"빨리, 빨리! 현기증 난다!"

벌써 양손을 머리 위에 들고 검지와 약지를 든 자세를 취하고 있는 팬들이 대부분이었다. 그런 팬들의 눈에 무대 뒤에 설치된 대형 스크린에 불이 들어오는 것이 보였다.

"와아아아아아아아!"

공연 시작이 임박했다는 것을 직감한 관객들이 대형 스크린을 집중했다.

하얀빛을 뿜던 스크린이 검게 물들며 트레일러 영상에 나오던 송곳니 없는 표범이 나왔다.

"오오오오! 저거, 저거에 반했어! 내가!"

"누가 만들었는지 몰라도 트레일러 하나는 역대급이었다!"

"트레일러 하나라니! 연습 영상에서 연주하는 것 못 봤어? 대럴이 살아 돌아온 것 같았다고!"

"맞아! 내 눈으로 전설이 다시 일어나는 걸 보러 왔다!"

저마다 한마디씩 던지느라 순식간에 시끄러워진 공연장에

모든 조명이 한순간 꺼졌다. 관객들이 당황했지만, 대형 스크린이 비추는 표범이 혼자 빛나고 있는 것을 본 관객들이 공연 시작을 위한 소등임을 깨달았다.

잠시 후 세션을 맡은 기타리스트 두 명이 무대 위로 올라와 서정적인 아르페지오 연주를 시작하자 관객들이 다시 환호하기 시작했다.

"Gate of the cemeterys다!"

"영상에 나오던 그 곡이다!"

"으아아! 흥분돼서 미칠 것 같아!"

두 명의 기타리스트가 서로 바라보며 아르페지오 연주 위에 이펙트 먹인 기타 애드리브를 올렸다.

스포트라이트 조명으로 그들을 비추던 조명이 오른쪽으로 급격히 이동하자, 고개를 숙인 필립 안셀로가 서 있는 것이 보였다.

"으아아! 필립, 필립, 필립!"

기타가 토해내는 느린 연주에 드럼 비트가 더해졌다. 조명이 드럼에 앉아 있는 비니 파울을 비췄다.

"꺄아아아! 비니 파울!"

비니 파울의 뒤에서 렉스 그라인이 웃는 얼굴로 관중들에게 눈짓하며 베이스 기타를 연주했다. 조금씩 걸어 드럼 앞을 지나 무대의 오른쪽으로 이동한 렉스가 가만히 서 있는 필립의 옆으로 가 섰다.

필립이 무대의 중앙으로 천천히 이동한 후 마이스 스탠드에 있는 마이크를 뽑아 들었다. 진중한 표정으로 윗옷을 벗고 반바지만 입고 있던 필립이 마이크를 들어 굵고 음울한 목소리를 토해냈다.

신부님 신부님이 음모를 꾸미 셨나요?
나를 위해 십자가에 못 박히신.
당신이 만든 우리 인생에 대한 계획은 무엇인가요?

관객들이 필립의 그리운 목소리에 귀를 기울이며 그에게 집중하자 필립이 천천히 한 손을 들어 공중을 가리켰다.

관객들이 공중으로 시선을 모으자, 무대 상단 조명 아래에서 철제 구조물이 천천히 내려오는 것이 보였다. 관객들이 손가락질하며 외쳤다.

"뭐야! 케이야?"

"와! 저기서 내려오는 거야?"

철제 구조물이 점점 모습을 드러내자 검은 가죽 바지에 샌드 부츠를 신은 길고 가는 다리가 나타났다.

구조물이 내려옴에 따라 점점 모습을 드러내던 사내의 허리까지 보이자 그가 메고 있는 기타가 보였다.

"화이트 팔콘이다, 케이다!"

"꺄아아아아아악! 케이!"

"엄마! 저 기타 진짜 가지고 다니는 거였어? 뮤직비디오에서만 쓴 게 아니라?"

"완전 대박! 진짜 멋있다!"

철제 구조물이 건의 모습을 완전히 드러나는 지점까지 내려오자 건이 눈을 감은 채 우두커니 서서 두 명의 기타리스트가 만들어내는 조용하고도 서정적인 선율 위에 느린 애드리브를 얹었다.

관객들이 멀리서 들려오는 듯한 건의 기타 소리에 황홀한 표정으로 빠져들었다.

건이 기타를 살짝 흔들며 눈을 감은 채 애드리브를 연주하던 중에 무대 뒤의 대형 스크린에는 건의 얼굴이 클로즈업되었다. 대형 스크린에 출력되던 건이 눈을 떴다.

두 눈을 뜸과 동시에 다리를 벌리고 자세를 낮춘 건이 폭발적인 연주를 시작했다.

그와 동시에 드럼과 베이스 역시 이전과 다른 폭발력으로 관중을 덮쳤다.

지링징징징, 지리리 징, 징, 지징!

날카로운 면도칼 같은 피킹이 관객을 순식간에 흥분에 빠져들게 했다.

"아아아아아아악!"

"와아아아아아"

오하이오 스타디움을 덮쳐 버린 거대하고도 흥분에 찬 사운드가 관객들을 자리에서 일으켜 세웠다. 어느새 9만 관중 중 단 한 명도 앉아 있는 관객이 없게 되자 필립 안셀로의 비명이 터져 나왔다.

"끄아아아아아아아아!"

관객들은 땀을 흘리며 흥분에 젖어 쉬지 않고 뛰면서도 몸에 소름이 돋는 느낌을 받았다.

그때 필립이 앞으로 나서며 노래를 시작했다. 필립의 음색은 마치 핏물 섞인 비명을 토해내는 것 같았다.

글쎄 네가 내 젊음을 먹어버린 것 같아.

모든 것을 버렸어.

새로 발견한 기쁨의 탄생처럼.

이 사랑은 분노로 끝날 거야.

그리고 그녀가 죽었을 때.

난 울 수 없겠지.

내 영혼의 자존심.

넌 내게 불완전한 것을 남겼어.

혼자만의 추억이 펼쳐지겠지.

건이 공중에 설치된 구조물에서 혼이 담긴 연주를 하고 아래에서 필립이 영혼이 담긴 노래를 동시에 터트리자 흥분에 어쩔 줄 모르던 관객들이 슬램을 시작했다.

주위 사람들과 부딪히는 것은 신경도 쓰이지 않는지 미친 듯이 몸을 흔들어 대는 관객들이 점점 늘어갔다.

스탠딩석의 관객들뿐 아니라 의자가 있는 객석에 앉은 관객들도 제 자리에서 껑충껑충 뛰며 고래고래 소리를 질러댔다.

첫 곡이 끝날 때쯤 건이 타고 내려온 구조물이 완전히 바닥에 닿았다. 곡이 완전히 끝날 때까지 구조물 위에서 연주한 건이 연주가 끝나자 구조물에서 내려와 필립과 웃으며 하이파이브를 했다.

끊이지 않는 관객의 환성 속에 선 두 사람이 손을 맞잡을 때, 다시 대형 스크린에 모습을 드러낸 송곳니 없는 표범의 입에서 커다란 송곳니가 돋아나왔다.

관객들이 환호하다 송곳니가 돋아나기 시작하는 화면과 그 아래 필립과 케이가 손을 잡는 광경을 번갈아 보며 더욱 큰 환성을 보냈다.

"으아아악!"

"진짜다, 진짜야! 진짜 레오파드야!"

"완벽한 재림이다!"

"크흐흑! 내가 살아 있는 동안 절대 다시는 볼 수 없을 줄 알았는데!"

"이건 다임 벡 대럴이 있을 때와 완전히, 정말 완전히 똑같은 사운드야!"

엄청난 환호로 가득 찬 객석을 돌아본 필립이 마이크를 입에 대며, 하늘을 바라보았다.

"친구. 지금 보고 있겠지?"

환호로 가득 찬 관객석이 순식간에 조용해졌다. 하늘을 보던 필립의 얼굴이 대형 스크린에 비추어졌다.

눈가를 파르르 떨며 하늘을 보는 필립의 눈에 눈물이 그렁그렁 맺혔다.

관객들의 소란이 서서히 가라앉으며 모두가 필립의 모습에 집중했다.

필립이 천천히 오른손을 들어 주먹을 하늘에 들어 올렸다. 잠시 주먹을 들고 있던 필립이 서서히 팔을 내려 주먹을 자신의 왼쪽 가슴에 대었다.

"오늘 네가 떠난 이 자리에서 다시 널 만난다."

스탠딩석에서 멍하니 필립을 바라보던 관객 중 하나가 주먹을 쥔 손을 높게 들어 올렸다가 필립과 같이 가슴에 대었다.

무서운 군중심리는 어느새 공연장 전체로 퍼져 나가 사람들이 하늘을 보며 주먹을 가슴에 대었다.

그때 대형 스크린에 다임 벡 대럴의 생전 인터뷰 영상이 흘러나왔다. 인터뷰 속 다임 벡 대럴이 흑백의 화면 속에서 길고 붉은색의 수염을 쓰다듬으며 말했다.

-밴드라는 게 사실 가족이라는 개념과 참 비슷해. 그러니까 서로 존중해 주고, 각자의 다름을 인정하고, 이런 게 많이 중요하지. 하지만 무엇보다 중요한 건 모든 멤버가 밴드와 음악에 대해 똑같은 미친 열정과 미친 사랑을 동시에 가지고 있어야 한다는 걸 거야. 레오파드는 각자가 밴드 내에서 다른 역할을 가지고 있어. 근데 정말 죽이는 게 뭔지 알아? 이게 미리 정하고 만들고 그런 게 아니라, 자연스럽게 되었다는 거야!

몇몇의 관객이 다임 벡 대럴의 모습을 보며 눈시울을 붉혔다. 필립과 비니, 렉스 역시 스크린에 비친 대럴의 모습을 붉어진 눈으로 바라보고 있었다. 스크린 속의 대럴이 말을 이었다.

-레오파드가 첫 앨범을 내기 전 9년간 카피 밴드로 활동했다는 사실을 알아? 씨발 레오파드가 'Cowboy from heaven' 같은 사운드를 내기까지는 9년이 걸린 거라고! 그러니까 너도 인내를 갖고 열심히 해. 그렇다면 언젠가 되게 되어 있어. 내가 장담하지. 내가 곧 산 증인 아니겠어?

관객들이 조용하게 화면 속의 다임 벡 대럴의 모습을 보며 그리움에 젖었다. 필립이 뒤로 돌아 화면 속에 멈춰져 있는 다임 벡 대럴을 보며 입에 마이크를 대었다.

"그래, 친구! 내가 다시 들려주지. 가자! 'Cowboy from heaven'!"

조용히 스크린을 보던 건이 몸을 낮추며 온몸을 난도질할 것 같은 날카로운 기타 음을 폭발시켰다. 9만 명의 관객들이 엄청난 환호를 터뜨렸다.

다목적 구장으로 사용하는 오하이오 스타디움 3층 관객석 최상단에 있는 중계석 유리창 안에 있던 손린이 레오파드의 공연 모습을 보며 무전기를 들었다.

"카메라들 이상 없이 잘 촬영하고 있나요?"

치직!

"예, 이상 없이 촬영하고 있습니다."

"공연 종료 후에 바로 편집본을 SNS에 올릴 겁니다. 이번 곡이 끝나면 1번, 4번 카메라 감독님은 영상을 편집실로 전달해 주세요. 공연 도중에 편집하겠습니다. 나머지 감독님들은 계속 촬영합니다. 이후 메이킹 필름으로 남길 거니까요."

무전기를 내려놓은 손린이 테이블 위에 손을 걸치고 몸을 약간 숙인 채 아래에서 공연 중인 레오파드를 내려다보았다.

그녀의 눈이 깊어졌다.

'전설이 다시 시작되는 것이 아니다. 이제부터 시작이다. 새로운 전설의 시작은!'

오하이오 주에서 진행된 레오파드의 라이브는 전 세계적으로 큰 반향을 일으켰다. 손린이 공연이 끝난 직후 SNS로 라이브 영상 중 다임 벡 대럴의 인터뷰 부분과 노래 한 곡을 공개했기 때문이다.

투어 종료 후 레오파드의 SNS 팔로워는 천만을 가뿐히 넘겼고, 현재도 계속 늘어가고 있었다. 유튜브가 아닌 SNS로만 영상을 확인할 수 있었기 때문이었다.

필립이 만족스러운 얼굴로 대기실에 앉아 하얀 수건으로 얼굴에 흐르는 땀을 닦으며 말했다.

"첫 번째 투어는 성공적이었어."

그러자 비니가 땀에 흠뻑 젖은 티셔츠를 벗으며 말을 이어받았다.

"그러게. 이야, 나 아까 우리 형 영상 나오는 부분에서 울 뻔했어. 리허설을 했는데도 눈물이 나냐."

렉스가 아직 베이스 기타를 손에서 떼어 놓지 못한 채 소파에 앉아서 말했다.

"그 글래머 사업가가 일 하나는 제대로 했어. 진짜 마음에 든다!"

렉스가 건을 보며 손가락을 치켜들자 건이 환하게 웃으며 대답했다.

"그렇죠? 제가 생각해도 진짜 멋진 연출이었어요."

필립도 엄지를 치켜들었다.

"휘유, 다음 투어는 아시아지?"

비니가 드럼 스틱을 공중에 돌리며 소파에 앉으며 말했다.

"어, 아시아 쪽 돌고, 바로 유럽으로 슝!"

렉스가 고개를 갸웃하며 물었다.

"미국 공연은 이게 끝이야, 설마?"

건이 고개를 저으며 말했다.

"렉스, 같이 설명 들어놓고 왜 그래요, 하하. 유럽 투어 끝나고 미국으로 돌아와서 세 번 더 공연해야 끝나요. 손린 이사님께 듣기로는 러시아 쪽에서도 와달라고 강력하게 요청하고 있다던데요?"

비니가 수염을 쓰다듬으며 고개를 끄덕였다.

"음, 러시아 모스크바 쪽에서 91년도였던가? 여하튼 그즈음에 '몬스터즈 오브 록'이라는 투어가 있었었는데, 그때가 우리 최고 전성기 때였거든, 마지막 방문이기도 했고. 그때 팬들이

요청하는 걸 거야, 아마."

건이 고개를 끄덕이자 필립이 냉장고에서 맥주를 꺼내 렉스와 비니에게 던졌다.

다른 맥주를 꺼내던 필립이 건을 힐끗 보더니 냉장고 안에서 콜라 하나를 꺼내 건네주며 말했다.

"케이는 이거 마시고, 그러고 보니 아시아 첫 번째 투어가 한국이지?"

비니가 고개를 끄덕이다 문득 건을 돌아보았다.

"응, 아! 거기 케이의 나라 아닌가?"

건이 고개를 끄덕이며 말했다.

"맞아요, 1년 만에 돌아가네요, 하하."

필립이 벽으로 다가가 스케줄 표를 보며 인상을 찌푸렸다.

"뭐야? 한국에서 1회 공연밖에 안 하네, 일정이 이틀이야? 케이의 나라인데, 전날 아침에 입국해서 다음 날 공연하고 밤에 바로 중국으로 넘어가네?"

비니가 건의 눈치를 보며 말했다.

"그게…… 한국은 작은 나라라서 여러 군데서 투어해 봐야 가성비 안 나온다고 투자자 쪽에서 1회 공연만 하게 한 거라고 하더라고."

비니의 말에 필립 역시 건의 눈치를 슬슬 보자 건이 웃으며 말했다.

"괜찮아요, 몇 회 공연이면 어때요? 한국에서 한국 사람들에게 제 연주를 들려줄 수 있는 것만으로 충분해요."

"그럼 서비스 한번 해보겠어요, 여러분?"

밴드 멤버들이 갑자기 들려오는 소리에 문 쪽으로 고개를 돌렸다. 손린이 문을 열고 들어오고 있었다.

손린이 들어오자, 렉스가 손린의 몸매를 손가락질하며 뭐라고 외치려는 것을 다급히 손을 들이 입을 막아버린 필립이 물었다.

"서비스라니요?"

손린이 핸드폰을 든 손을 들어 모두에게 보이며 어깨를 으쓱했다.

"말 그대로예요. 무보수 라이브. 물론 단 하루지만."

비니가 고개를 갸웃하며 말했다.

"아니, 무보수 라이브는 우리야 그렇다 치고, 돈 내고 표를 사서 공연 보러 온 사람들은 완전히 바보 취급당한 기분일 텐데요?"

손린이 허리에 손을 올리고 말했다.

"그 문제는 제가 알아서 하죠. 어쨌든 승낙하시는 건가요? 한국은 케이의 나라라는 것을 염두에 두고 결정해서 말씀해주세요."

필립이 건을 스윽 돌아본 후 웃으며 말했다.

"말해 뭐해요? 당연히 승낙! 대신 돈 내고 온 관객들을 바보로 만드는 일이 없도록 해주세요."

손린이 손가락을 튕기며 말했다.

"한두 곡뿐이라면, 괜찮을 거예요."

렉스가 어이없는 표정을 지으며 말했다.

"예? 단 두 곡? 달랑 그거 부르고 내려오자고요?"

손린이 싱글싱글 웃으며 대기실을 나서다가 뒤를 돌아보며 말했다.

"나한테 맡겨요."

♪♩

삼일 뒤 대한민국 서울.

레오파드의 입국 뉴스로 나라가 떠들썩했다.

뉴스와 각종 매체를 통해 한국을 방문한 레오파드의 공항 입국 장면이 흘러나왔다.

하지만 뭐가 그리 바쁜지 도착하자마자 별다른 인터뷰나 포토타임도 없이 바로 뛰어나가 버려서 레오파드의 뒷모습을 망연자실하게 바라보는 리포터의 모습들만이 뉴스에 나오고 있었다.

잘 나가는 밴드라는 이유로 불친절하다는 여론이 점차 형

성될 무렵, 레오파드의 SNS에 이상한 글이 올라왔다.

부산 해운대 조선 비치 호텔 앞 01:59:59

재미있는 것은 기록된 시간이 거꾸로 줄어들고 있다는 것이었다.

많은 팬이 댓글로 어떤 의미인지 갑론을박 토론을 벌였다.

예전에 한국을 방문해 개고기 시장에서 쇼핑하다가 사진을 찍힌 메탈리카처럼, 부산 구경을 하는 레오파드의 모습을 볼 수 있을 거라는 둥 여러 가지 억측이 난무하며, 두 시간 뒤에 부산 해운대에서 무슨 일이 일어날지 궁금해하는 팬들은 점차 늘어갔다.

부산에 살던 팬들은 서울에서 하는 공연까지 차마 가지 못하고 레오파드의 얼굴을 멀리서라도 보기 위해 해운대로 향했다.

'멀리서 보는 얼굴이 뭐 대단하랴' 하는 생각으로 오지 않는 팬들이 더 많았기에, 해운대 앞에는 약 삼백 명가량의 팬들만이 주위를 두리번거리며 열심히 레오파드를 찾았다.

가죽점퍼를 입은 한 여성이 손에 든 스마트폰으로 레오파드의 SNS를 보다가 외쳤다.

"뭐꼬? 30초 남았는데 안 보인다 아이가, 우리 완전히 낚인 거 아이가?"

함께 온 일행들이 여성의 손에든 핸드폰 속에서 속절없이 줄어드는 시간을 함께 보고 있었다. 시간이 모두 흐르자 다시 고개를 든 일행이 주위를 두리번거렸다.

두구두구두구!

하늘에서 들리는 굉음에 고개를 든 사람들이 손을 뻗으며 외쳤다.

"헬기다!"

"뭐, 어디?"

"조선 비치 호텔 위에 내린다. 가보자!"

호텔 앞으로 우르르 몰린 팬들이 고개를 들어 호텔 옥상을 보자 헬기가 내려서고 프로펠러 소리가 서서히 잦아들었다.

잠시 후 호텔 옥상에서 얼굴을 내민 사람을 보고 팬들이 소리를 질렀다.

"필립 안셀로다!"

"비니 파울이야!"

"김 건이다!"

"렉스 그라인이다!"

사람들이 환성을 지르든 말든 잠시 고개를 내밀고 아래를 확인하던 밴드 멤버들의 모습이 사라졌다.

잠시 우왕좌왕하던 팬들의 귓가로 찢어지는 기타 사운드가 들려왔다.

징지지리링 징징 징! 징지지리링 징징 징!

"뭐야? 어디서 음악 틀어주나?"

"레오파드 왔다고 노래 틀어주나 보지. 이거 'Cowboy from heaven' 전주잖아."

호텔아래 모인 팬들이 고개를 들어 올려 옥상을 바라보자, 옥상의 턱 위에 발을 걸치고 화이트 팔콘을 연주하고 있는 건의 모습이 보였다.

"헉! 뭐야! 라이브 하는 거야? 여기서?"

"화이트 팔콘이다! 진짜 김 건이다!"

"야, 이거 찍어! 찍어! 얼른!"

잠시 후 옥상 뒤에서 무대가 솟아올랐다.

무대 위에 설치된 드럼에 비니 파울이 웃으며 앉아 있었다. 무대 밑으로 설치된 계단에 렉스 그라인이 올라섰고, 곧 건까지 모습을 드러냈다.

옥상에서 아래를 내려다보며 연주하던 건이 한 손을 들어 손가락으로 반대 방향을 가리키자, 팬들이 그쪽으로 고개를 돌렸다.

옥상 위에서 작은 무대 하나가 솟아오르고 그 위에 필립 안셀로가 마이크를 들고 나타나 소리를 질렀다.

불빛 아래 우리는 당당히 서서.

아무도 우릴 건드릴 엄두도 못내.

대결, 총격전, 누구든지 상관없이 공포를 퍼뜨리고.

우리가 가질 수 있는 건 가져간다.

필립의 노래가 시작되자 호텔 앞에 모인 삼백 명의 팬들이 흥분하며 자리에서 뛰기 시작했다. 주위를 걷던 사람들까지 달려와 호텔 앞이 순식간에 난장판이 되었다.

삼백 명으로 시작된 작은 콘서트는 노래 한 곡이 끝나기도 전에 천 명이 넘는 사람들이 꽉 들어찼다.

첫 곡이 끝나자 팬들이 옥상을 올려다보며 환호했다. 손을 흔들어주며 웃던 필립이 마이크로 말했다.

"케이의 나라, 한국에 우리가 왔다!"

팬들이 소리를 지르면서도 자신들의 팔뚝에 돋은 소름을 쓸어내리고 있었다. 두 번째 곡으로 'Walk'를 들려준 레오파드가 손을 흔들며 옥상 안쪽으로 사라지자 아쉬움에 자리를 떠나지 못하고 있던 팬들이 계속 휴대폰으로 영상을 찍어댔다.

잠시 후 다시 헬기가 떠 하늘 위로 모습을 감추자 팬들이 떠들기 시작했다.

"공연하는 거였어? 와 매너 쩌네!"

"그러게, 우리 서울까지 못 간다고 내려왔나 봐."

"한국 멤버가 있으니까 그렇지, 대박이다! 한국인이 레오파드 멤버라니."

그때 휴대폰을 보던 한 남성이 큰소리로 외쳤다.

"또 떴다!"

사람들이 재빨리 각자의 휴대폰을 꺼내 레오파드의 SNS로
접속했다.

대구 달서구 두류 공원 01:59:59

SNS를 본 팬들이 외쳤다.

"대구다, 이번엔 대구야!"

"야! 빨리 차 가져와. 지금 대구로 출발하면 잘하면 또 볼 수
도 있어!"

"야, 지금 가서 어떻게 두 시간 만에 가냐?"

"아 몰라, 일단 가보자고!"

SNS에는 레오파드의 공연을 본 많은 사람이 인증사진을 올
리기 시작했고, SNS가 순식간에 달아올랐다.

사람들이 공항에서 그리 황급하게 사라진 이유가 게릴라
콘서트 때문임을 알게 되었고, 한국에서 새로 팔로우를 하는
사람들이 실시간으로 급증했다.

오랜만에 재밋거리가 생긴 10대와 20대가 레오파드가 누군
지도 모른 채 SNS가 알려주는 곳으로 발걸음을 돌렸다.

그날 밤 9시 뉴스.

단정한 옷차림의 여성 앵커가 뉴스가 시작하자마자 약간 격양된 목소리로 말했다.

"시청자 여러분 안녕하십니까, 9시 뉴스에 이지연입니다."

"오늘 대한민국은 온종일 들썩들썩했습니다. 바로 한국을 내한한 미국의 록 그룹 '레오파드' 때문인데요."

"이들은 SNS에 공연 두 시간 전에 다음 공연 장소를 알려주는 방법으로 게릴라 콘서트를 진행했습니다."

"정확히 두 시간에 한 번씩 오전 11시부터 9시까지 총 5개 도시에서 공연을 했습니다. 현재는 대전 야구장에서 콘서트를 진행하고 있다고 합니다. 현장에 나가 있는 김대기 기자를 만나 보겠습니다. 김대기 기자."

화면이 전환되며 사람들의 환호 소리가 울려 퍼지는 야구장을 배경으로 상기된 표정의 남자 기자가 마이크를 이어받았다.

"네! 여기는 대전 야구장입니다. 이곳은 흥분한 팬들로 인해 축제 분위기가 가득합니다. 단 두 곡만을 부르고 사라지는 레오파드이지만, 그들의 모습을 보기 위해 이곳에는 약 만여 명의 팬들이 모여 있습니다. 방금 대전에서의 공연이 끝났고요, 그들의 SNS는 11시의 공연으로 인천 주안역을 지목하여,

인천 지역의 팬들의 대규모 이동이 일어나고 있다고 합니다!"

그날 대한민국은 새벽 1시까지 이어진 게릴라 콘서트로 전국이 몸살을 앓았다. 많은 사람이 새벽까지 이어진 뉴스를 보며 레오파드를 주목했다.

중국으로 향하는 비행기 안.

1등 석에서 장난을 치고 있는 비니와 렉스를 보며 고개를 절레절레 저은 필립이 옆자리에 앉아 책을 보고 있는 건에게 말했다.

"이렇게 한국 떠나기 아쉽지 않아? 오랜만에 보는 가족들도 잠시밖에 못 보고."

건이 읽고 있던 책을 덮으며 웃었다.

"그래도 재미있었어요. 우리 집에 레오파드가 와서 점심을 먹다니, 이런 경험을 또 언제 하겠어요?"

필립이 입맛을 다시며 말했다.

"그, 뭐냐? 어머니가 해주신 것, 달짝지근한 고기 있잖아? 그거 미국에서도 먹을 수 있나?"

건이 고개를 끄덕이며 말했다.

"불고기요? 네, 미국에 웬만한 한식당에는 다 팔아요."

필립이 침을 삼키며 말했다.

"젓가락만 아니면 진짜 미친 듯이 먹을 수 있었는데 말이야. 미국 식당에서는 포크를 주겠지?"

건이 웃음을 지으며 말했다.

"아마 그럴 거예요. 하하!"

필립이 스마트폰을 꺼내 미국의 한식당을 검색하고 있는 것을 본 건이 말했다.

"한국 관객들은 어땠어요, 필립?"

필립이 스마트폰을 내려놓고 말했다.

"놀랐지. 떼창? 난 그게 뭔지 몰랐는데 이번에 제대로 알았어. 우리 노래를 6만 명이 떼지어 부르는 걸 보고 얼마나 놀랐는데. 그때 렉스 저놈은 피크까지 놓쳤잖아, 놀라서."

옆자리에서 듣고 있던 렉스가 호들갑을 떨며 말했다.

"안 놀라게 생겼어? 자기도 놀라놓고! 타이틀곡도 아니고, 시작해서 끝날 때까지 계속 노래를 따라 부르잖아. 모든 노래를 다 알고 있다니! 우리 본 무대인 미국에서도 본 적 없어, 이런 건!"

비니 역시 콜라를 마시며 말했다.

"맞아, 꼭 다시 한번 와 보고 싶은 나라네, 한국은. 대럴의 영상이 나올 때 여자들 우는 거 봤지? 감수성도 예민한 나라인가 봐. 그에 비해서 일본 공연은 너무 조용했고 말이야. 적응이 안 됐어, 록 공연인데 함성도 없이 조용히 풍선을 흔들다니 말이야."

필립이 렉스와 비니를 보다가 건을 돌아보며 말했다.

"그런데 아쉽겠다? 케이 너보다 우리가 더 큰 환호를 받아서 말이야. 케이의 나라인데."

건이 신경 쓰지 않는다는 듯 고개를 저었다.

"이니에요, 그만큼 레오피드기 대단한 밴드고, 잠시지만 함께 한다는 것이 영광스러운 거죠. 그, 게릴라 투어도 재미있었고요."

필립이 자신의 무릎을 때리며 웃었다.

"맞아! 와, 그러고 보면 손린 이사라는 사람. 진짜 머리 좋네. 어떻게 그냥 게릴라 투어도 아니고 SNS로 두 시간 전에 장소를 알려줄 생각을 했지? 그것도 아무 설명도 없이 말이야."

필립의 감탄에 건이 맨 앞자리에 앉아 있는 손린의 뒷모습을 보며 말했다.

"맞아요. 전 사람들이 무슨 의미인지 모를 줄 알았는데, 처음에 진행한 부산 공연 후부터는 다들 알아서 눈치채더라고요. 덕분에 구구절절 설명을 써둔 것보다 더 강력한 메시지가 되었고요."

두 사람의 대화에 렉스가 신난다는 듯한 얼굴로 상체를 내밀며 끼어들었다.

"진짜 재미있었어! 근데 중국에서도 한국처럼 게릴라 콘서트 한대?"

옆에 있던 비니가 팔꿈치로 렉스의 옆구리를 치며 말했다.

"야! 한국은 작으니까 가능한 거였지. 중국에서 그 짓거리 하려면 제트기 타고 다녀야 해."

필립도 맞장구치며 말했다.

"제트기로도 불가능하지. 일부 지역만 한다면 모를까, 일부 지역만 하면 다른 지역에 있는 팬들의 원성만 살 테니 안 하는 게 나아."

한참 이야기를 나누고 있는 밴드 멤버들에게 손린이 다가왔다. 렉스가 양팔을 벌려 의자를 잡으며 걸어오는 손린의 몸매를 보며 침을 삼켰다. 비니가 렉스의 눈치를 본 후 또 한 번 팔꿈치로 그의 옆구리를 쳤다.

"윽! 아 왜!"

"쉿! 야, 너 그러다 저 여자한테 맞는다, 보통 여자가 아니라고 저 여자는."

손린이 좌석 사이의 복도에 선 채 일행들을 둘러보며 말했다.

"약 20분 후 '베이징 수도 국제공항'에 도착합니다. 미리 연락받기로는 팬들이 공항에 몰려 있는 것 같으니 안전에 각별히 유의해 주세요. 첫 번째 공연은 '베이징 국가 체육장'에서 진행

될 예정이고, 수용 인원은 약 8만 명입니다. 무대를 중앙에 설치해서 모든 좌석에서 관람할 수 있도록 조정했습니다."

잠시 숨을 고른 손린이 다음 일정을 설명했다.

"두 번째 공연은 광저우에 있는 '광둥 올림픽 스타디움'에서 진행됩니다. 수용 인원은 비슷하고, 베이징 공연 직후 비행기로 이동 예정입니다. 목적지는 '광저우 바이윈 국제공항'입니다."

필립이 살짝 손을 들자 손린이 눈짓으로 말하라는 신호를 보냈다.

"저, 공항에 벌써 팬들이 모여 있다고요? 왜요, 설마 우리 때문에요?"

손린이 싱긋 웃으며 필립의 옆에 앉은 건을 바라보았다.

"중국에서는 레오파드보다 케이의 인기겠죠?"

렉스가 고개를 갸웃하며 말했다.

"케이요? 케이가 중국에서 그렇게 인기가 있나요?"

손린이 건을 보며 눈을 동그랗게 떴다.

"말 안 했나요?"

건이 말없이 웃자 손린이 말을 이었다.

"중국에서 가장 인기 있는 한국 스타가 바로 김 건입니다. 케이의 한국 이름이죠."

필립이 놀라며 건을 돌아보았다.

"뭐야? 너 줄리어드 학생이라며? 그런데 어떻게 중국에서 인기가 많아?"

렉스와 비니 역시 마찬가지로 궁금하다는 눈빛을 보내자 건이 어깨를 으쓱하며 말했다.

"고등학교 때 드라마 OST를 부른 적이 있는데 그 드라마가 중국에서 히트했었거든요. 덕분에 중국에 행사를 한 번 간 적이 있었어요. 그게 다예요. 딱 한 번뿐이었고요."

필립이 검지를 들어 보이며 황당하다는 표정으로 말했다.

"딱 한 번? 중국에서 활동한 것도 아니고 딱 한 번 왔었다고? 그런데 가장 인기 있는 한국 스타라고?"

건이 빙긋 웃으며 고개를 저었다.

"손린 이사님이 그냥 하는 말씀이에요. 조금 인기 있었던 건 맞지만요."

손린이 박수를 쳐 시선을 끈 후 말했다.

"그건 내려보면 알게 되시겠죠. 여하튼 안전에 주의해 주시기 바랍니다. 미리 중국 공안 경찰에 호위를 의뢰했기 때문에 괜찮을 겁니다만, 그래도 모두 주의해 주세요."

기내 방송으로 자리에 앉아 안전벨트를 착용하라는 안내가 나오자 손린이 자리에 돌아갔다. 비행기는 곧 베이징 수도 국제공항에 내려섰다.

간단한 입국 심사를 받은 후 출국장 입구에 선 손린이 일행을 돌아보며 말했다.

"케이는 이미 경험이 있으니까 아실 테고, 나머지 분들은 중국이 처음이시니 안내해 드릴게요. 출국장에 나가면 팬들이 모여 있을 겁니다. 경찰들이 세이프티 라인을 유지하고 있을 테니 가운데로 걸어나가시고요, 라인 끝에 바로 차가 대기하고 있으니 바로 차에 타시면 됩니다. 팬 서비스를 하셔도 되지만 될 수 있으면 지나치게 팬들을 흥분시키지는 말아주세요."

필립이 기대된다는 표정으로 고개를 끄덕이자 무전기를 든 손린이 중국어로 상황을 묻기 시작했다.

치직.

"一名警卫. 准备好了吗? 现在退出.(경호팀. 준비됐습니까? 지금 나갑니다.)"

"是的, 我准备好了.(예, 준비되었습니다.)"

출국장 문이 열리자 일행 중 가장 앞에 선 필립이 멍한 표정을 지었다.

"끼아아아아아아아아악!"

"我爱你 Kay!(사랑해요 케이!)"

"으아아아아아! 와아아!"

비니와 렉스가 엄청난 환호성으로 땅이 울리는 것을 느끼고 놀라며 고개를 내밀었다.

"뭐, 뭐야?"

"이게 다 몇 명이야? 와우, 역시 인구 하나는 끝내주는 나라답네."

손린이 그런 일행들을 돌아보며 말했다.

"공항 내부에 이만 명, 외부에 삼만 명이 모여 있어요. 최대한 빨리 빠져나가야 합니다."

손린이 함께 대기 중인 경호원들에게 지시를 내리자 우르르나가 경찰들이 설치한 세이프티 라인 앞으로 뛰어가 경찰들 사이사이에서 경계하는 경호원들이었다. 손린이 경호원들이 자리를 잡는 것을 확인한 후 일행에게 외쳤다.

"가요! 뛰어야 합니다."

필립과 렉스가 가장 먼저 뛰어나갔다. 사람 세 명이 겨우 설만한 공간이 확보되어 있었기에 필립과 렉스는 손을 뻗어 자신을 잡으려는 손을 쳐내며 뛰어나갔다.

비니가 뒤를 따라 덩치 큰 몸으로 뒤뚱뒤뚱 뛰어나가자, 손린이 마지막에 남은 건을 보며 경호원들에게 말했다.

"경호원 넷! 케이를 밀착 경호해서 나갑니다. 지금!"

건의 앞에 한 명, 양옆에 한 명씩, 뒤에 한 명이 붙은 경호원들이 건을 둘러싸고 전진했다. 출국장 입구에 건의 모습이 보이자마자 베이징 수도 국제공항이 무너질 듯 거대한 함성이 터져 나왔다.

"꺄아아아아아아아아!"

"건! 여기 좀 봐 줘요!"

"꺅 꺅! 진짜 김 건이다! 진짜야!"

"사랑해요, 김 건!"

건이 주위를 둘러보며 웃는 얼굴로 손을 들어주자 팬들이 경찰의 세이프티 라인을 밀고 들어오기 시작했다. 당황한 경호원들이 건에게 밀었다.

"你必须跑!(뛰어야 합니다!)"

건이 이전의 경험이 있어 그런지 침착하게 고개를 끄덕인 후 앞을 경호하고 있는 경호원의 어깨에 손을 올리고 함께 뛰기 시작했다.

경찰들과 경호원들이 밀려드는 팬들을 몸으로 막고 있는 동안 빠르게 뛰어 공항을 벗어난 건의 눈에 자신이 탈 버스 주위를 꽉 메운 팬들이 보였다.

팬들이 건을 보고 한 번에 내지르는 함성에 놀란 건이 귀를 막았다.

"꺄아아아아아아악!"

"거언! 꺄아아아아아악!"

순식간에 그나마 질서를 지키고 있던 팬들이 일어나 달려들었다. 주위를 경계하고 있던 경찰과 경호원들이 사력을 다해 막자 버스에서 창문을 연 필립이 건에게 외쳤다.

"빨리 들어와! 빨리!"

건이 재빠르게 버스에 올라타자 팬들이 버스에 달라붙어 창문을 두드려댔다.

땀이 흐르는 이마를 닦은 건이 버스 창밖으로 보이는 팬들에게 손을 흔들어주자 흥분한 팬이 창문을 더욱 두드렸다. 버스 운전기사 옆 간이 좌석에 앉은 손린이 외쳤다.

"출발, 출발해요!"

운전기사가 곤란하다는 듯이 말했다.

"버스 앞까지 팬들이 둘러쌌어요. 지금 이대로 출발하면 위험합니다."

손린이 운전석 앞 창문을 보며 무전기를 들었다.

"경호팀, 경호팀! 버스 앞 팬들 좀 밀어내 줘요!"

잠시 후 공항 안쪽에서 세이프티 라인을 유지하고 있던 경호팀과 경찰들이 우르르 달려 나와 버스 앞쪽에 달라붙은 팬들을 밀어내자 버스가 조금씩 움직였다.

비니가 아직도 버스에 붙어 있는 창밖의 극성스러운 건의 팬들을 보며 한숨을 쉬었다.

"와, 무슨 일 나는 줄 알았네. 케이, 너 중국에서 인기 장난 아니다?"

렉스 역시 비니의 말에 동의한다는 듯 새삼스러운 눈으로 건을 돌아보았다.

"우리는 거들떠도 안 보네. 아까 플랜 카드들 봤어? 전부 케이라고 써 있는 거?"

필립이 고개를 끄덕이며 동조했다.

"그러게, 호텔까지만 무사히 갔으면 좋겠다."

그때, 앞자리에 앉은 손린이 고개를 들며 외쳤다.

"큰일이에요! 호텔 앞에 팬들이 진을 치고 있답니다!"

필립이 벌떡 일어나며 말했다.

"예? 몇 명이나요?"

손린이 골이 아프다는 표정으로 이마를 매만지며 말했다.

"공항에 있는 팬들까지 이동 중이라고 해요. 몇만 명이 될지 예상이 되지 않습니다."

아연실색한 렉스와 비니가 서로를 바라보았다.

맨 앞자리에 앉은 손린이 끊임없이 무전기로 상황을 파악하고 있었다.

치직!

"호텔 앞 상황 어떻습니까?"

"팬들이 계속 모이고 있습니다! 현재 집계된 바로 만여 명이 몰려 있고, 지금도 계속해서 밀려들고 있습니다!"

"진입할 수 있겠습니까? 호텔 측에서는 뭐라고 하나요?"

"예, 현재 호텔 측에서 직원들이 최대한 진입로 확보를 하고 있습니다만, 여기서 더 몰려들면 여기 직원만으로는 통제할 수 없을 것 같습니다!"

"공안 경찰 쪽에 빨리 연락해 보세요. 당장 도움을 받을 수 있을지."

"예, 알겠습니다."

무전기를 내려놓은 손린이 한숨을 쉬었다.

필립은 건을 통해 무전기에서 흘러나오는 중국어를 실시간으로 통역 받고 있었다. 건이 통역해 주는 이야기를 함께 듣고 있던 렉스가 멍한 표정으로 말했다.

"이러다 우리 호텔에 못 들어가는 거 아냐?"

비니가 창밖으로 보이는 베이징 시내를 보며 밖을 손가락질했다.

"저 봐. 밖에 택시에서 이쪽 사진 찍고 있는 애들. 저거 우리 따라오는 거 맞지?"

렉스가 창가에 붙어 밖을 바라보자 버스에 달라 붙어오는 택시의 뒷좌석에서 창문을 열고 카메라를 들이밀고 있는 여자들이 보였다.

렉스가 브이를 그리자 택시에 탄 여성이 비키라는 듯 손짓했다. 렉스가 입을 내밀며 말했다.

"뭐야, 다 케이 팬인가 봐. 나보고 비키래."

비니가 폭소를 터트렸다.

"푸하하! 방금 봤어? 막 짜증 나는 얼굴로 비키라고 손짓하는 거? 푸하하!"

렉스가 불만스러운 표정으로 볼을 부풀리자 필립과 건도 함께 웃음을 지었다.

필립이 건을 팔로 밀며 말했다.

"택시까지 타고 쫓아오는데 팬 서비스라도 해줘."

건이 필립에게 밀려 창가로 자리를 바꾼 후 창문을 열었다. 건이 창밖으로 고개를 내밀자 옆에 붙은 택시뿐 아니라 주위의 차들에서 일제히 창문이 열리고 카메라가 나와 플래시를 터뜨렸다

건이 웃으며 손을 흔들어주자 손린이 달려와 창문을 닫으며 말렸다.

"안 됩니다, 사고 나요. 창문을 열지는 마세요."

그때 손린의 허리춤의 무전기에서 다급한 음성이 흘러나왔다.

"이사님! 팬들이 여기저기서 대규모로 밀려들어 오고 있습니다!"

놀란 손린이 무전기를 뽑아 들고 말했다.

"얼마나요?"

"모, 모르겠습니다! 엄청난 인파가 밀려오고 있습니다!"

"공안 경찰 쪽에서는 뭐랍니까?"

"공항 입국 때는 몰라도 호텔 경호에 경찰을 투입해 줄 수는

없다고 합니다!"

"하아, 알았어요. 도착하려면 아직 30분가량 남았으니 계속 상황 보고해 주세요."

"아니, 이사님! 지금도 통제 불가입니다!"

"알았어요, 논의하고 다시 무전 할게요."

손린이 한숨을 쉰 후 건을 바라보았다.

"어쩌죠? 호텔에는 못 갈 것 같네요."

건이 당황한 표정으로 물었다.

"그럼 어쩌죠 이사님? 공연이 내일인데 그럼 오늘 버스에 있어야 하나요?"

필립이 앞 의자를 치며 말했다.

"아! 버스에서 자고 공연을 어떻게 해? 목 상태 유지해야 하는데!"

손린이 고개를 절레절레 흔든 후 말했다.

"다른 곳을 알아보겠습니다. 원래 호텔 쪽으로는 진입할 수 없을 것 같네요."

비니가 피식 웃으며 말했다.

"할 수 없죠, 뭐. 어디든 버스만 아니면 되니까. 모텔이라도 들어가죠."

손린이 고개를 저으며 말했다.

"호텔도 경호에 구멍이 생길 수 있는데 모텔은 더 안됩니다.

다른 곳으로 알아보고 말씀드리죠."

손린이 자신의 자리로 돌아가 한참 무전을 주고받고 있는 동안 버스가 원래 가려고 했던 호텔 앞을 지났다. 렉스가 버스 창문으로 보이는 호텔의 모습을 보며 말했다.

"저기 들어가려고 했다간 우리 죽었겠다."

렉스의 말에 창문으로 고개를 돌린 필립이 놀란 표정으로 말했다.

"뭐, 뭐야. 공항보다 더 많잖아?"

비니 역시 눈을 동그랗게 뜨고 말했다.

"차는커녕 사람도 못 들어가겠네. 야, 이 나라 진짜 장난 아니구나."

버스가 호텔 앞을 그냥 지나치고 약 십 여분을 더 달려 나가자 손린이 다가오며 말했다.

"팡타지오 왕하오 회장님의 별장으로 갑니다. 여기서 30분가량 더 가야 하는데, 문제는 단독 별장이 아니라 오피스텔입니다. 주거지이기 때문에 다른 주민들이 살고 있어요. 보안에 각별히 유의하셔야 하니 모두 모자나 마스크로 얼굴을 가려 주시기 바랍니다."

일행이 손린이 나눠주는 모자와 마스크를 썼다.

잠시 후 30층이 넘는 고층 오피스텔의 지하 주차장에 도착한 일행이 버스에서 내린 후 아무도 없는 지하의 엘리베이터 앞에 섰다.

손린이 버스에 함께 타고 온 경호팀에게 부산하게 지시를 내리자 경호팀이 1층 로비로 뛰어 올라가 엘리베이터를 통제했다.

다행히 사람이 많은 시간이 아니라 한두 명의 사람들만 있었던 오피스텔 1층의 주민들이 갑자기 밀려드는 경호원들을 보며 놀라 물러섰다.

엘리베이터를 탄 일행이 최고층의 펜트하우스에 도착해 겨우 짐을 풀었다. 손린이 방을 배정하며 말했다.

"필립이 이쪽 방을 쓰시고요, 비니는 여기, 렉스는 이 방을 쓰세요. 케이는 가장 안쪽 방을 쓰시고, 절대로 창문에 커튼을 걷지 말아 주세요. 밖에서 사진이라도 찍히면 또 이동해야 합니다."

필립이 손을 든 후 말했다.

"맥주 사러도 못 갑니까?"

손린이 고개를 저으며 말했다.

"냉장고에 웬만한 건 다 있습니다. 혹시 더 필요한 게 있으시면 경호원들에게 말씀하시고요."

필립이 손을 내린 후 멀리 보이는 대형 냉장고를 열어 보며 외쳤다.

"히야! 이게 말로만 듣던 중국 갑부의 생활인가? 이게 냉장고야, 편의점이야?"

냉장고를 뒤지며 맥주 세 개를 꺼낸 필립이 비니와 렉스에게 맥주를 던져주며 말했다.

"맥주도 종류별로 있어. 케이 넌 뭐 줄까?"

건이 됐다는 듯 손을 내젓자 일행들이 맥주를 마시며 자신의 심을 끌고 배성받은 방으로 들어갔다.

거실에 남은 건과 손린이 서로를 바라보았다.

"사람들 앞에서는 케이라고 부르지만, 둘이 있을 때는 역시 건이라고 부르는 게 편하네요, 전."

"하하, 저는 뭐라고 불리던지 신경 쓰지 않아요. 편하신 대로 부르세요."

손린이 냉장고로 걸어가 소다 음료를 꺼내 들고 소파에 앉았다.

음료를 따 한 모금을 마신 손린이 건을 보며 말했다.

"이제 레오파드의 기타리스트로 세계적인 주목을 받았네요. 까도 까도 양파같이 계속 다른 모습이 나오네요, 건이란 사람은."

손린의 말에 건이 소파에 양손을 올리고 편하게 앉으며 웃자, 손린이 다시 말을 이었다.

"앞으로 어쩔 건가요? 평범하게 살기에 당신은 이미 스타가 된 것 같은데."

건이 웃는 얼굴로 대답했다.

"학교는 계속 다닐 거예요. 학교에 와서 쌓은 인연도 많고 기타리스트로 살 생각은 없거든요."

손린이 고개를 끄덕이며 말했다.

"하긴, 당신의 목소리를 썩히긴 아깝죠. 그럼 직접 노래하는 팝 가수가 되실 생각인가요?"

건이 고개를 저으며 말했다.

"장르를 정하지는 않았어요. 또 꼭 노래를 하겠다는 생각도 없고요. 아직 배워야 할 악기도 많고, 공부해야 할 것들도 많이 남았으니까요. 프로듀싱 쪽도 한번 배워보고 싶고요."

손린이 진중한 눈으로 건을 보며 물었다.

"어디까지 가시려는 건가요? 제 생각에는 하나의 장르에 집중하는 게 좋을 것 같은데요."

손린의 우려 섞인 충고에 건이 자연스럽게 웃으며 다리를 꼬았다.

"글쎄요. 아직 하고 싶은 한 가지 장르를 정하지는 못한 것 같아요. 그때까지는 여러 장르의 음악을 가리지 않고 섭렵해 보고 싶어요."

손린이 고개를 갸웃하며 물었다.

"여러 장르? 예를 들면요?"

건이 팔짱을 낀 후 곰곰이 생각해 보며 말했다.

"음…… 전에 해봤던 영화음악도 좀 더 해보고 싶고, 힙합 쪽도 도전해 보고 싶어서요."

손린이 눈을 동그랗게 뜨고 물었다.

"힙합? 랩을 하겠다고요?"

건이 고개를 저으며 웃음 지었다.

"아니요. 사실 혼자 해보긴 했는데 랩 쪽은 소질이 없더라고 요. 아마 도전하게 된다면 프로듀싱이나 피처링 정도일 것 같 아요."

손린이 팔짱을 끼며 말했다.

"프로듀싱을 하려면 업계에서 이름이 좀 있어야 할 텐데. 힙 합 쪽으로는 전혀 알려지지 않았잖아요? 어떻게 하게요?"

건이 양손을 뒤로 올려 목을 기대며 말했다.

"아직은 거기까지는 잘 모르겠어요. 그래도 해보고 싶고, 하 려는 의지가 있다면 어떻게든 되지 않을까요? 도와주시는 분 들도 많고요."

손린이 수긍한다는 듯 고개를 끄덕였다.

"이상하리만치 건의 주위에는 인연이 모여드는 것 같으니 불 가능하지는 않아 보이네요. 필립을 시애틀에서 우연히 만났다 고 했었죠?"

손린은 다시 음료를 한 모금 마시고는 말을 이었다.

"그런 인연이 투어까지 이어지는 걸 보면 건이 어떤 장르에 도전하건 또 다른 인연으로 이어진 누군가가 나타날 것 같긴 해요. 이건 마치 음악의 신이 건을 도와주고 있는 것 같네요."

건이 웃음을 터뜨리며 말했다.

"음악의 신이요? 하하. 그런 신이 진짜 있을까요?"

손린이 어깨를 으쓱하며 말했다.

"신이건, 악마건 뭐가 됐든 그렇지 않고서는 이렇게 많은 인연이 쌓일 리가 없겠죠."

건이 웃음을 멈추지 않고 말했다.

"그래요? 하하. 뭐 그럴 수도 있겠죠."

손린이 손에 들고 있던 서류뭉치를 펴들며 말했다.

"내일 공연 후 모레 광저우 공연이 끝나면 이제 유럽으로 가야 해요. 알고 있죠?"

건이 고개를 끄덕였다.

"도도한 영국의 팬들까지 사로잡을 수 있다면, 레오파드는 완전한 부활을 하게 됩니다. 그렇게 되면 멤버들이 계속 활동을 하고 싶어 할 텐데, 건이 학교로 돌아간다고 하면 멤버들이 가만히 있을까요?"

건이 멤버들이 들어간 방의 방문을 보며 말했다.

"필립과 비니에게는 미리 말해뒀어요. 투어만 참여한다고요. 제가 알기로는 예전 필립의 팀이었던 'Down'의 기타리스트를 영입할 생각인 것 같아요."

손린이 고개를 갸웃하며 말했다.

"유명한 기타리스트인가요? 전 처음 듣는데."

건이 웃음을 지으며 말했다.

"좀 알려져 있긴 하지만 그렇게 유명하지는 않아요. 활동 기간도 너무 짧았고요, 그래도 실력 있는 뮤지션인 건 확실해요. 음악을 들어 봤거든요."

손린이 고개를 끄덕이며 말했다.

"그래요, 그나마 다행이네요, 레오파드에겐."

손린이 자리에서 일어나며 말했다.

"내일 아침부터 리허설을 하고 저녁에 공연이 끝나면 즉시 비행기로 이동해야 하니 피곤한 하루가 될 거예요. 건도 어서 쉬세요. 컨디션 관리가 가장 중요해요."

건이 웃으며 손을 흔들자 손린이 오피스텔 밖으로 나갔다.

창문에 드리워진 커튼 사이로 보이는 밖의 풍경을 보던 건이 전화기를 들어 어디론가 전화를 걸었다.

"병준 형? 저 건이에요. 저 중국에 왔어요."

"오 그래! 뉴스 봤다. 호텔에 잘 들어간 거야?"

"아니요, 못 들어가고 별장에 왔어요. 형네 회사 회장님 별장이라네요."

"아 그래? 거기 우리 집에서 가까운데."

"정말이요? 형 얼굴 보고 싶은데."

"그래? 그럼 내가 가야지. 연주랑 상미도 같이 갈게."

"그럼 좋죠. 빨리 오세요, 형!"

전화를 끊은 건이 창문으로 걸어가 커튼 사이로 눈을 내밀고 밖을 바라보다 멈칫한 후 세차게 커튼의 틈을 닫았다.

병준과 상미, 연주는 밤늦게까지 수다를 떨다 돌아갔다.

다음 날 극비리에 공연장으로 이동하여 겨우 공연을 마친 일행은 광저우의 공연에서도 비슷한 일들을 겪었다.

인기가 많은 것은 좋지만, 이 정도의 극성팬들은 처음 겪어 본 밴드 멤버들이 다시는 중국에 투어를 오지 않겠다며 몸서리쳤다.

갖은 고생 끝에 영국으로 향하는 비행기에 몸을 실은 일행들이 금세 곯아떨어졌다. 건 역시 비행기용 담요를 덮은 채 잠에 빠졌고, 영국에 도착할 때까지 깨지 않았다.

♪♪

영국에 도착한 멤버들이 한적한 공항을 보며 웃었다.

"그래, 자유롭다! 이래야지, 젠장 중국은 너무했어!"

기지개를 켜며 출국장으로 나가는 필립이 웃으며 말했다.

"나가자고. 영국에서 공연만 끝나면 미국 공연만 남은 거니까, 힘내 보자."

잠시 후 호텔에 도착한 일행이 배정받은 방의 키를 나누어 받은 후 잠시 로비에 모였다. 손린이 모여든 일행을 보며 말했다.

"영국 록 팬들의 도도함은 잘 아실 겁니다. 그들에게 인정받는 것은 무척 어려운 일이에요."

필립이 동의한다는 듯 고개를 끄덕였다.

"맞아요, 마지막 공연도 저희 팬들만 온 거라……. 이렇게 많은 팬 앞에서 공연하는 건 처음이니까."

비니가 손린에게 물었다.

"공연장이 어디였죠? 들었는데 까먹었네요."

손린이 서류를 들어 보이며 말했다.

"런던 사우스뱅크 센터에 있는 로열 페스티벌 홀 런던 사우스뱅크 센터입니다. 2,900석 규모의 콘서트홀이죠."

렉스가 손을 주머니에 넣은 채 말했다.

"삼천 석도 안 돼요? 전의 공연과 너무 차이가 나는 것 아닌가요?"

손린이 렉스를 보며 말했다.

"그게 영국에서의 레오파드가 가진 인지도예요. 매진이 되긴 했지만 다른 곳과는 다르게 그 속도도 느렸습니다."

필립이 약간 실망한 얼굴로 말했다.

"영국 놈들은 이해할 수가 없어. 같은 영어권인데 미국이랑 왜 이렇게 차이가 나지?"

비니가 팔짱을 끼며 말했다.

"보컬 멜로디 위주로 음악을 듣는 부류니까. 우리 같이 특별한 보컬 멜로디가 없는, 소위 따라 부르기 어려운 음악을 하는 밴드들은 인기가 없는 곳이지."

손린이 비니의 말을 듣고 고개를 끄덕이며 말했다.

"그래서 말인데 영국에서만 이벤트로 케이가 초반에 노래를 해보는 게 어때요?"

건이 놀라 눈을 동그랗게 뜨자 필립이 좋은 생각이라는 듯 말했다.

"그래! 케이, 너 몬타나랑 라이브할 때 영상 봤어. 죽이던데? 그걸로 영국 놈들 코를 납작하게 만든 후 라이브 하자! 어때?"

건이 잠시 생각을 하다 고개를 끄덕이자 비니가 말했다.

"좋아, 그런데 어떤 노래를 하는 게 좋을까? 연주는 우리가 함께하면 될 거고."

손린이 손가락을 들어 보이며 말했다.

"의견을 하나 드리자면, 기왕이면 영국 밴드의 음악을 해보는 것을 추천합니다. 영국의 도도함을 무너뜨리려면 영국 밴드의 노래로 덤벼들어야죠."

렉스가 소매로 입을 닦으며 외쳤다.

"역시, 화끈하네요! 역시 몸매 만크…… 컥!"

비니가 렉스의 뒤통수를 후려친 후 건에게 말했다.

"어떤 걸로 할래? 연습은 좀 해야겠지만. 곡 하나 지정해 주면 연습하는 건 금방이지, 뭐."

건이 팔짱을 끼며 고민하자, 필립이 말했다.

"뭘 고민해? 영국에 유명한 밴드가 한둘이야? 아무거나 골라잡아. 롤링 스톤즈도 있고, 라디오 헤드나 뮤즈도 있잖아. 아, 핑크 플로이드는 빼줘. 우리 밴드에는 키보드가 없으니까."

건이 곰곰이 생각하다 말했다.

"혹시 비지(Busy)도 가능할까요?"

렉스가 손뼉을 치며 말했다.

"그런지 록 밴드 말하는 거지? 리더가 너바나(NIRVANA)의 커트 코베인과 닮은 데다 같은 그런지 록을 해서 아류라는 이야기를 달고 살던. 걔가 영국 밴드였구나."

건이 고개를 끄덕이며 말을 받았다.

"네, 저도 너바나 팬이에요, 하지만 비지는 너바나의 영향을 받은 밴드는 맞지만, 아류는 아니에요. 오히려 그들만의 독창적인 그런지 록을 보였죠. 단지 보컬인 개빈 로즈데일(Gavin Rossdale)이 커트 코베인을 너무 닮아서 문제가 된 것뿐이에요."

필립이 그러냐는 듯한 눈빛으로 물었다.

"그래, 그런지 록이라면 연주가 그렇게 어렵진 않겠네. 무슨 곡 하게?"

건이 잠시 생각을 정리하며 말했다.

"좋아하는 곡이 두 곡이라 좀 고민이 되네요. 'Greedy Fly' 랑 'Gulp down', 둘 중 한 곡을 하고 싶어요."

비니가 팔짱을 끼며 말했다.

"두 곡 중에 뭘 하든 상관없어. 한 시간 정도만 연습하면 되니까, 지금 정해. 올라가는 길에 악보 프린트해서 읽어 볼게."

건이 잠시 고민한 후 말했다.

"영국의 팬들은 자신들의 것이 아닌, 변화를 싫어하죠. 그런 사람들에게 보내는 메시지로는 'Gulp down'가 더 좋을 것 같아요."

필립이 손뼉을 마주치며 말했다.

"좋아! 그럼 'Gulp down'로 결정해! 내일 오전에 잠시 모여서 연습하자고. 이사님, 가능하죠?"

손린이 고개를 끄덕이며 말했다.

"악보는 바로 프린트해서 방으로 올려 드리겠습니다. 내일 연습하실 수 있는 공간은 즉시 섭외해서 알려 드리죠."

일행이 고개를 끄덕이며 각자 방으로 흩어졌다.

건 역시 방으로 돌아와 잠시 쉰 후 스텝이 전해준 악보를 전해 받고 하쿠를 꺼내 침대에 앉아서 악보를 보았다.

건이 악보를 보던 눈을 크게 뜨며 놀랐다.

'뭐야? 노란색? 이런 가사가 왜 노란색이지? 노란색은 분명 따뜻함이나 귀여움을 나타내는 긍정적 의미인데."

건이 턱을 쓰다듬으며 고민했다.

'지금까지 내가 알고 있던 음표의 색은 모두 여러 가지 의미를 담고 있었지? 혹시 부정의 의미도 담고 있는 걸까? 비지 정도 되는 밴드가 이렇게 악보 전체가 잘못된 음표를 담아두지는 않았을 텐데.'

건이 가사의 옆에 한국어로 해석을 써 보았다.

따뜻한 태양이 나에게 활력을 주지만 난 의심스러워.
변화에 대한 혐오로 나는 약간의 실수를 저질렀거든.
모든 것에 무거운 사랑을 삼켜버리고, 따라야 해.
삼켜진 슬픔이 나와 모두와 함께 있는 것 같지만, 아니야.

건이 악보 옆에 'Yellow'라고 쓴 후 '긍정적 의미'라는 글을 썼다. 잠시 고민하던 건이 다시 옐로우라는 단어 옆에 '편견'이라는 단어를 썼다. 잠시 고민하던 건이 고개를 끄덕이며 생각했다.

'분명 색으로 보이는 음표는 하나의 감정만을 나타내는 것은 아닌 것 같다. 아마도 모든 색에는 긍정적인 의미와 부정적인 의미가 공존하는 것 같아.'

건이 학교로 돌아가서 연구를 계속하기로 하고, 악보의 음표를 하나하나 보며, 노란색이 아닌 음표들을 고쳐 나갔다. 수정할 부분이 크게 많지 않았기 때문에 금방 수정한 건이 노래를 흥얼거리며, 샤워를 한 후 금세 잠에 빠져들었다.

다음날 오전 10시경 방문을 두드린 손린의 안내로 호텔에서 멀지 않은 곳에 연습실을 잡은 멤버들에게 어제 수정한 악보를 복사해 나누어준 건이 말했다.

"악보를 수정했어요. 아주 일부분이라 연주가 어렵지는 않을 거예요. 아, 드럼 파트는 변경한 부분이 없어요."

비니가 신난다는 표정을 지었고, 렉스는 인상을 찌푸렸다.

"아, 어젯밤에 연습 다 해놓고 잤는데!"

필립이 렉스의 등을 툭 치며 말했다.

"실력 좋은 우리 렉스! 불평 그만하고 연습해야지?"

렉스가 볼을 부풀리며 베이스 기타를 어깨에 메자, 건이 하드 케이스에서 하쿠를 꺼내 들고 앰프에 연결했다. 미리 꺼내 둔 멀티에 잭을 연결한 건이 의자에 앉아 허벅지에 하쿠를 올린 후 말했다.

"도입부는 저 혼자고요, 8마디 후에 함께 들어가는 것 아시죠?"

렉스와 비니와 눈짓을 주고받은 건이 기타를 위에서 아래로 그으며 바로 노래를 불렀다.

따뜻한 태양이 나에게 활력을 주지만 난 의심스러워.

건이 공기를 내뱉으며 공허하고 자책 섞인 목소리를 내뱉자, 필립이 놀라며 앉은자리에서 벌떡 일어났다. 건이 간단한 기타 리프를 하며 눈을 감고 노래에 집중했다.

변화에 대한 혐오로 나는 약간의 실수를 저질렀거든.

건이 멀티를 조절하며 디스트를 걸며 연주했다.
징징징징!
"gulp down followed……."

건이 노래를 하다, 드럼과 베이스가 따라붙지 않는 것을 느끼고 연주를 멈추며 둘을 돌아보았다.

렉스와 비니가 입을 쩍 벌리고 있었다. 필립 역시 놀란 눈으로 의자에 앉은 건을 내려다보고 있었다.

먼저 정신을 차린 필립이 믿기지 않는다는 표정으로 말했다.

"휴. 몬타나의 라이브 영상에서 본 것과 또 다르군. 실제로 들으니까 말이야."

렉스가 얼이 빠진듯한 표정으로 자신의 팔을 들어 올리며 말했다.

"소름 돋은 거 봐. 깜짝 놀랐다, 나."

비니가 고개를 세차게 흔든 후 이전보다 밝아진 표정으로 말했다.

"하하, 영국 놈들 표정 끝내주겠네. 관객석이 보이면 좋겠는데 말이야."

필립이 자신의 팔뚝을 보며 말했다.

"나도 소름 돋은 거 봐. 이래서 기타리스트로 들어오란 말을 안 들었던 거군. 이런 실력인데 기타리스트로 만족할 리 없지. 이제 다 이해가 되네."

건이 마이크를 톡톡 치며 짙은 미소를 지은 채 말했다.

"연습 안 할 거예요? 우리 빨리 연습 안 하면 점심 못 먹어요. 굶고 라이브 하고 싶어요?"

필립이 연습실을 나서며 말했다.

"안 그래도 배고프다. 비니, 렉스 뭐라도 사 올 테니까, 연습 잘하고 있어."

렉스가 다급히 외쳤다.

"나! 맥주 잊지 마!"

필립이 연습실을 나서자 건이 비니와 렉스를 돌아보며 웃었다.

"자 그럼. 우린 연습 계속할까요?"

렉스가 아직 정신이 없는지 잠시 손을 올리며 말했다.

"잠깐만, 그런데 너 왜 보컬 안 해? 그 정도면 차트 씹어 먹을 텐데?"

비니가 렉스의 뒤통수에 스틱을 쉽어 넌지며 말했다.

"야, 아직 학생이잖아! 때 되면 하겠지, 쟤가 너처럼 학교 졸업도 못 하고 무식한 인생 살면 좋겠냐?"

뒤통수를 부여잡은 렉스가 눈을 흘기며 말했다.

"내 인생이 뭐 어때서! 돈도 이정도면 잘 벌고, 나 좋다는 여자도 많은데!"

둘은 한참을 더 티격태격한 후에야 연습을 할 수 있었다.

연습실에 울려 퍼지는 건의 노래를 밖에서 듣고 있던 손린의 얼굴에 짙은 미소가 번졌다.

'도도한 영국 팬들. 오늘 큰코다치게 될 거야.'

공연 한 시간 전의 대기실.

비니와 렉스가 심각한 표정으로 핸드폰으로 기사를 검색해 보고 있었다.

<기사 검색 : REOPARD 내한>

2017년 12월. 브리티시 록으로 세상에 거친 목소리를 내뱉고 있는 대영제국의 땅에 90년대 세계적인 밴드로 명성이 높았던 Reopard가 내한한다.

REOPARD는 글램 메탈 밴드(혹은 그루브 메탈 밴드)로 1990년에 발매한 'Cowboy from heaven'의 히트를 시작으로, 세계적인 인기를 얻은 미국의 밴드이다.

동시에 거론되는 메탈리카, 메가데스와는 또 다른, 화려한 그루브 메탈을 선보인 당시 세계 3대 메탈 그룹 REOPARD.

지적이면서도 강한 메탈리카나 메가데스와 다르게, 텍사스 출신다운 위험하고 야수적이며 끈적한 사운드의 밴드라고 할 수 있다.

동 기간에 활동한 브라질 출신의 명 스래쉬 밴드 세풀툴라와 상통하는 느낌의 밴드이며, 당시 세계적인 인기를 끌었다.

하지만, 2004년 12월 8일 미국 오하이오 스타디움에서 광팬 나단 게일이 난입해 쏜 총에 맞아 기타리스트이자 밴드의 리더 '다임 백 대럴'이 무대에서 사망하고 난 후, 이들의 모습은 더 이상 찾아볼 수 없었다.

아니, 그 이전에 이미 보컬인 필립 안셀로의 술과 마약으로 점철된 망나니짓으로 인한 불화로 밴드는 거의 해체된 상태였다.

나는 감히 "그 은밀한 삶과 치욕스러운 죽음"에 실린, 나의 글인 '역사의 이정표가 된 불멸의 명반 100'과 '세상에 나오지 말았어야 할 최악의 음반 20' 음반 중 불멸의 명반 100에 그들의 앨범을 올렸었지만 다임 벡 대럴 없이 돌아온 그들의 라이브는 '세상에 나오지 말았어야 할 최악의 공연'으로 선정해야 할 것이라 생각한다.

1992년 발표된 'VULGAR DISPLAY OF POWER' 앨범에서 쓰인 트리플 기타 역시 기타 세 대를 모두 다임 벡 대럴이 녹음할 만큼 그에 대한 의존도가 높았던 밴드이니만큼, 그가 없는 레오파드는 더 이상 레오파드가 아니다.

필자는 감히 진실에 오줌을 넘길 그들에게 던질 '썩은 토마토'를 준비해 라이브에 참여할 것을 밝히는 바이다.

〈2017년 11월 30일 음악 평론가 노먼 레브레히트.〉

비니가 스마트폰을 던지며 화난 목소리로 말했다.

"이따위 쓰레기 글을 끄적거리는 놈도 평론가라니! 이게 글이야?"

렉스가 고개를 절레절레 흔들며 말했다.

"우리 라이브를 안 본 사람이면 저런 소리를 할 수도 있지. 대부분 사실에 근거한 이야기이긴 하잖아. 필립 이야기도 그렇고."

비니가 눈을 무섭게 뜨며 받아쳤다.

"뭐라고? 그럼 넌 저 자식이 던지는 썩은 토마토를 맞아도 좋단 말이야? 라이브를 본 다음에 글을 써야 할 것 아냐? 필립도 그래, 저런 행동을 한 게 몇 년 전인데 아직도 비난해? 지금은 안 그러잖아!"

렉스가 손가락을 까딱이며 말했다.

"흥분하지 마, 비니. 그런 뜻이 아니야. 저런 생각을 하고 오는 놈들 코를 뭉개버리면 더 통쾌할 거란 뜻이지. 라이브를 보고도 같은 글을 쓸 수 있나 보자고."

비니가 흥분을 가라앉힌 후 새삼스럽다는 눈으로 렉스를 쳐다보았다.

"아니, 렉스 네가 웬일로 지적으로 보이지?"

렉스가 어깨를 으쓱한 후 팔짱을 끼며 말했다.

"내가 원래 좀 지적이지. 날 따르는 여자들도 나의 철학적인 정신구조를 좋아한다고."

비니가 어처구니없다는 표정으로 실소를 흘리며 렉스의 이마에 딱밤을 날렸다.

"고등학교 때 철학 시험 낙제한 거 다 알거든?"

렉스가 엄청난 덩치의 비니가 날린 딱밤을 맞고 이마를 부여잡고 뒤로 넘어지며 말했다.

"커억! 이 무식한 돼지가!"

그때 대기실에 들어온 필립이 투덕거리는 두 사람을 보며 한숨을 쉬었다.

"야 이놈들아. 공연 시간이 얼마나 남았다고 또 싸우냐?"

렉스가 억울하다는 듯 이마를 부여잡으며 말했다.

"저 돼지가 심심하면 날 때린다고! 너도 봤잖아!"

비니가 벌떡 일어나며 실실 웃는 얼굴로 다가오자 렉스가 뒷걸음질을 쳤다.

필립이 그런 둘을 바라보며 고개를 절레절레 흔들었다.

"기사 안 봤냐? 지금 영국 언론들이 우릴 얼마나 까내리는지 몰라?"

장난을 치던 비니의 몸이 굳었다. 필립의 눈치를 보던 비니가 말했다.

"기사 본 거야?"

필립이 소파에 앉아 관자놀이를 매만지며 말했다.

"그래, 봤지. 휴."

비니와 렉스가 둘 다 필립의 눈치를 보며 슬금슬금 소파에 앉았다.

필립이 잠시 머리가 아프다는 듯 관자놀이와 미간을 매만지다가 고개를 들고 말했다.

"그 평론가라는 놈 말이야. 오늘 오는 거지?"

비니가 좀 전에 던져둔 스마트폰을 주워들며 말했다.

"기사에는 라이브에 와서 보겠다고 써 있긴 해. 썩은 토마토를 들고 온다고 말이야. 뭐 진짜 들고 오진 않겠지만"

필립이 등을 소파 깊숙이 기대며 한숨을 쉬었다.

"휴, 평론가 나부랭이 때문에 스트레스받는 것도 오랜만이군. 케이는 어디 갔어?"

렉스가 눈치를 보며 대답했다.

"아까 손린 이사랑 같이 나가던데."

렉스의 말에 필립이 고개를 갸웃거렸다.

"어디를? 공연 시간 얼마 안 남았는데."

비니가 드럼 스틱을 튕기며 말했다.

"무대 점검하러 간다고 했어. 기타 쪽 사운드 체크 한다고. 금방 올 거야."

그때 문이 열리며 건이 들어왔다.

필립이 건에게 말했다.

"케이. 무대 체크를 왜 네가 해? 그런 건 스텝들 시키지 그랬어."

건이 미소를 지으며 말했다.

"기사 보고 참을 수가 있어야죠, 후후."

비니가 고개를 들며 물었다.

"기사? 너도 그거 봤어? 비평가란 놈이 쓴 거?"

건이 고개를 끄덕이며 소파에 털썩 앉았다.

"제대로 눈을 뜨고 보라고, 그 사람 자리를 관객석 정중앙으로 바꿔두고 왔어요."

렉스가 눈을 동그랗게 뜨며 말했다.

"정중앙? 왜?"

건이 깍지를 낀 손을 배 위에 올리며 말했다.

"제대로 보고 나서도 같은 글 쓸 수 있나 보고 싶기도 하고. 라이브 하면서 반응도 체크하고 싶어서요."

필립이 크게 고개를 끄덕이며 말했다.

"그래. 잘했어. 그럼 그놈은 글 몇 줄 쓰고 VIP 좌석을 받았네. 이거 계획적인 거 아냐?"

비니가 웃음을 터뜨리며 말했다.

"푸하하, 이게 계획적인 거면 천재인 거고."

잠시 후 대기실에 설치된 모니터에 관객들이 들어와 자리를 잡는 것이 보이기 시작했다. 영국에도 REOPARD의 골수팬이 존재했는지 저마다 해괴한 모습을 한 집시 같은 팬들이 우르르 몰려 들어오고 있었다.

그런 팬들 사이에 인상을 잔뜩 쓰고 정장을 입은 남자가 자신의 티켓을 들고 자리를 찾고 있는 것이 보였다.

단정하게 빗어 넘긴 머리에 회색 슈트를 입은 중년 남자가 자리를 잡자 렉스가 화면에 손가락질하며 말했다.

"이놈, 이놈인가 봐! 그 노먼 뭐시기 하는 평론가 양반!"

비니가 화면을 보며 중얼거렸다.

"딱 봐도 지적질 좋아하는 꼰대 같이 생겼네. 예술을 그대로 받아들이기보다 지적하고 빈틈을 찾아 비평하는 부류."

건이 잠시 노먼이 앉은 자리를 노려본 후 말했다.

"자, 준비하죠. 영국 공연에서는 대럴의 영상이 먼저 나오니까, 영상이 재생되는 동안 나가면 돼요."

건이 일행과 함께 무대 뒤편에 서자, 대형 화면에서 대럴의 생전에 진행했던 레오파드의 라이브 영상이 흘러나오기 시작했다.

예상치 못했는지 관객석이 조용해지며 예전의 영상에 집중하기 시작했다. 대형 화면 아래로 어두운 무대에 멤버들이 자리를 잡았다.

잠시 후 라이브 영상이 멈추고 무대에 불이 켜지자 관객들이 환호를 보냈다.

"으아아아아! 레오파드! 레오파드!"

필립이 웃음 띤 얼굴로 관객의 호응을 유도하다가, 마이크를 잡고 말했다.

"영국에 오게 되어 기쁩니다. 오늘은 첫 무대로 우리의 노래가 아닌 영국 밴드의 노래를 해볼까 합니다."

필립이 말을 하며 노먼의 눈치를 슬쩍 보자, 비웃음을 지으며 팔짱을 끼고 몸을 뒤로 눕히는 그가 눈에 들어왔다. 필립이 속으로 이를 갈며 건에게 손짓했다.

건이 하쿠를 맨 상태로 무대 중앙의 보컬 자리로 와 스탠드에 꽂힌 마이크를 점검한 후 말했다.

"처음 들려드릴 노래는 Busy의 'gulp down'입니다."

관객들이 필립이 아닌 건이 보컬의 자리에 서자 당황하며 외쳤다.

"필립이 아니라 왜 기타리스트야?"

"우우! 우린 필립의 노래가 듣고 싶다!"

"너희들 음악이 더 나아! 괜히 가창력도 없는데 영국 밴드 노래하다 창피당하지 말고 원래 노래해!"

관객석의 중앙에 앉은 노먼이 팔짱을 낀 채 더 짙은 비웃음을 흘리는 것을 본 건이 관객석을 향해 입을 열었다.

"개인적으로 Busy의 음악이 Nirvana의 아류라 말하는 미국의 일부 평론가들의 말은 헛소리라고 생각합니다. 오늘 그들의 음악이 그 나름의 특색과 깊이가 있는 음악이라는 것을 여기 계신 영국의 팬들과 멀리서 지켜보고 있을 미국의 평론가들에게 전하고 싶습니다."

관객들이 영국의 록 밴드를 칭찬하자 조용해졌다.

노먼이 어디 한번 해보라는 듯이 소파에 더 깊숙하게 등을 기대고 다리를 꼬는 것이 보였다. 건이 관객석을 돌아보며 말했다.

"음악이란, 듣고 즐기는 것입니다. 듣고 좋으면 그뿐, 머리가 아닌 가슴으로 듣는 것이란 것을 이해해 주시는 팬들이 단 한 분이라도 있으실 거라고 믿습니다."

말을 마친 건이 비니를 쳐다보자 비니가 드럼 스틱을 교차

해 부딪히며 박자를 맞춰 주었다. 4박자가 지난 후 기타를 내리그은 건이 동시에 노래를 시작했다.

따뜻한 태양이 나에게 활력을 주지만 난 의심스러워.

조그만 소리로 의견을 주고받던 관객들이 고개를 획 돌리며 건에게 시선을 집중했다. 일부의 팬들이 자리에서 엉덩이를 떼고 애매한 자세로 몸을 굳힌 채 건을 보고 있었다.
편안한 자세로 비웃음을 짓고 있던 노먼의 얼굴에서 미소가 사라졌다.

변화에 대한 혐오로 나는 약간의 실수를 저질렀거든.

노먼의 얼굴에 놀라움이 스치며 기대고 있던 소파에서 등을 떼고 바로 앉았다.
렉스와 비니의 베이스와 드럼이 합류하며, 건의 자책하는 듯한 힘 없는 목소리의 보컬이 흘러나왔다.

모든 것에 무거운 사랑을 삼켜버리고, 따라야 해.
삼켜진 슬픔이 나와 모두와 함께 있는 것 같지만, 아니야.

스팟라이트 조명을 받으며 노래하는 건을 보고 있는 로열 페스티벌 홀의 3천여 관객석이 조용해졌다.

앉아서 건을 보고 있던 노먼의 표정이 경악으로 물들었고, 자기도 모르게 소파의 끝에 겨우 엉덩이를 걸치고 앉은 노먼이 건 쪽을 손가락으로 가리키며 작게 읊조렸다.

"파, 파이몬의 비명?"

◈ 3장 ◈

Drop The Beat!

　건의 라이브가 끝나자 노래의 시작부터 끝까지 조용했던 관객석의 한 남자 관객이 팔짱을 꼈던 팔을 풀고 박수를 치기 시작했다.

　짝짝짝짝!

　도도한 표정으로 평가하는 듯한 몸짓을 하던 관객들이 하나둘씩 손뼉을 치기 시작했고, 그것은 곧 공연장 전체에 퍼져나갔다.

　"휘이이이익!"

　"오오오오오!"

　"와아아아아아!"

　필립이 좌석에서 등을 뗀 채 경악한 표정을 짓고 있는 노먼을 슬쩍 본 후 씨익 웃었다.

비니와 렉스 역시 노먼의 표정을 보며 실소를 흘렸다.

환성을 지르는 관객들을 향해 한 손을 올리고 마이크를 잡은 필립이 외쳤다.

"하늘에서 우리를 내려다보고 있을 나의 친구. 그를 위해 노래한다. 가자!"

이후 한 시간 반가량 이어진 라이브에서 관객들은 그야말로 광란에 빠져들었다.

특히 평론가 노먼은 필립의 보컬을 듣고 크게 놀란 표정을 지었다. 그리고 이후에 건이 날카로운 기타 사운드로 치고 나왔을 때는 혼이 빠진 표정으로 자리에서 벌떡 일어나기까지 했다.

영국에서 공연하는 미국 밴드로는 드물게 앵콜을 네 번이나 받은 멤버들이 끊임없이 이어지는 앵콜 세례를 받아준 후 대기실로 돌아왔다.

땀을 한가득 흘리며 지친 몸으로 대기실에 들어온 멤버들이었지만 모두 표정들이 밝았다.

다음날 영국의 유명 Broadsheet(고급지) 'Telegraph'에는 이런 기사가 실렸다.

〈기사 제목 : 편견에 대한 자책〉

필자는 미국의 록 그룹 REOPARD의 내한에 대해 부정적인 글을 쓴 바 있었다. 다임 벡 대럴의 사망 이후 그들의 사운드는 예전만 못하리라는 생각으로 시간 낭비를 전제에 두고 라이브에 참석한 이후, 필자는 스스로가 가진 편견에 대한 큰 실망감을 느꼈다.

REOPARD는 예전 그대로였다. 아니, 다임 벡 대럴의 생전보다 더욱 강력해져 우리에게 돌아온 것이 분명하다.

필립 안셀로(보컬)의 비명과 같은 날카로운 보컬과 면도날로 온몸을 난자당하는 듯한 다임 벡 대럴의 기타는 예전보다 더했다. 특히 다임 벡 대럴 대신 기타리스트가 된 케이의 기타 연주는 필자로 하여금 스스로를 되돌아보고 자만했던 과거를 후회하게 할 만큼 멋진 것이었다.

필자는 이 기사를 빌어 그들에게 자만한 나의 기사에 대해 사과하려 한다. 다임 벡 대럴의 생전 인터뷰 영상이 흘러나왔을 때 나의 자책감은 최고조에 달했다.

사실 필자가 처음 놀랐던 것은 REOPARD의 라이브보다 영국의 그런지 록 그룹 Busy의 노래를 한 케이의 첫 무대였다. 이미 나는 첫 무대부터 그들에게 마음을 빼앗겼고, 본격적인 라이브 시작 후 한 번도 좌석에 앉은 적이 없을 만큼 흥분했다.

그들에게 던지려 했던 썩은 토마토는 내가 먹겠다. 그리하여, 나의 편견과 오만이 용서받을 수 있다면.

〈2017년 12월 3일 음악 평론가 노먼 레브레히트.〉

미국으로 돌아오는 길에 올라온 기사를 본 멤버들이 함박웃음을 지으며 서로 손뼉을 마주쳤다. 건 역시 기쁜 웃음을 지으며 멤버들과 함께 즐거워했다.

　이후 레오파드는 유럽의 무대에서 큰 인기를 얻었고, 그때마다 노먼 레브레히트의 호의 섞인 기사를 접할 수 있었다.

　유럽의 투어가 끝나고 미국에서 3회의 공연을 마치고 멤버들과 스텝들이 모두 모여 파티를 열었다. 투어의 성공을 자축하는 의미와 이제 레오파드와 이별하게 될 건의 송별 파티였다.

　필립이 일찌감치 취해 꼬인 혀로 건의 어깨동무를 하고 놓아주지 않는 통에 이리저리 끌려다니며 고생을 한 건이 밤 10시도 되지 않아 고꾸라진 필립을 호텔의 침대에 눕힌 후 창밖을 바라보았다.

　창밖에 보이는 보름달이 무척 아름답게 보였다. 건이 창 틀에 앉아 턱을 괴고 꿈 같았던 레오파드와의 투어에 대한 추억을 곱씹었다.

　처음 시애틀에서 술에 취한 필립과 조우했던 것부터, 인디 기타리스트를 때려눕힌 필립을 말리고 자신이 대신 연주했던 크로커다일에서의 공연.

비니와 렉스를 만나고 투어를 준비했던 연습실에서의 여러 추억들.

한국에서의 게릴라 콘서트와 중국에서 맞은 위기상황들이 건을 웃음 짓게 했다.

'또 하나의 추억이 만들어졌구나. 좋은 사람들을 만나게 해줘서 정말 고맙습니다. 당신이 누구든.'

달을 올려다보던 건의 얼굴에 함박웃음이 지어졌다.

레오파드와의 긴 투어를 끝낸 건이 맨하튼의 집으로 돌아왔다.

필립이 무척 아쉬워했지만, 학생으로 배울 것이 많다는 건의 말에 겨우 손을 놓았다. 비니와 렉스 역시 자주 연락하자는 말로 몇 번이나 다시 인사를 나누었다.

손린은 중국으로 돌아갔다. 미국의 회사에서 손린을 영입하기 위해 물밑 작업을 걸어왔지만, 손린은 단호히 거절하고 중국으로 떠났다.

건은 집에 도착해 하루를 쉰 후 다음날 학교로 가 샤론의 교수실을 찾았다. 물론 모자와 마스크로 온 얼굴을 완전히 가린 채였다.

똑똑!

"네, 들어오세요."

사무실에서 학생들의 평가서를 점검하던 샤론이 문을 열고 들어오는 사람을 보고 흠칫 놀랐다. 모자와 마스크로 얼굴을 가린 괴인이 들어왔기 때문이다.

샤론이 경비실로 전화하려는 시 수화기를 삽자, 건이 양손을 들어 올려 마스크를 벗었다.

"어머! 케이!"

"하하, 교수님 오랜만이에요."

샤론이 벌떡 일어나 건을 안아준 후 소파에 앉을 것을 권했다.

"오랜만이에요, 이리 앉아요. 커피? 홍차?"

건이 문득 예전에 샤론이 했던 충고를 떠올리며 명확하게 이야기했다.

"커피로 할게요, 하하!"

샤론도 짙은 미소로 커피포트에서 커피를 따르며 말했다.

"기사는 봤어요. 멋진 투어를 했더군요. 정말 대단해요."

건이 고개를 살짝 숙이며 말했다.

"좋은 분들을 만나서 제가 더 즐거웠던 것 같아요. 필립은 매일 문자를 보낸다니까요."

샤론이 테이블 앞에 커피를 놓았다.

"마들렌 맨슨 쪽 이야기는 들었나요?"

건이 고개를 갸웃하며 말했다.

"아니요, 사실 저 어제 집에 도착했거든요, 투어 때문에 정신이 없어서요."

샤론이 웃으며 말했다.

"빌보드 록 부분 1위 했어요. 'Sad Devil Gamygyn'으로 말이에요."

건이 놀란 눈을 하며 말했다.

"정말이요? 와! 축하드려야겠네요. 이따 전화라도 해봐야겠네요."

샤론이 스마트폰으로 'Sad Devil Gamygyn'의 뮤직비디오의 스틸컷을 보여주며 말했다.

"케이의 출연으로 마케팅 효과를 톡톡히 본 거죠. 팀 커튼 감독님의 영화 성적도 좋고요. 재개봉 영화의 미국 내 관객 동원 수가 300만이라니, 누가 믿겠어요?"

건이 모두가 잘되었다는 것을 알고 함박웃음을 지었다.

건의 웃음을 흐뭇한 눈으로 보던 샤론이 말했다.

"여름 방학 후 첫 미션을 준 것이 어제 같은데 벌써 겨울 방학 시즌이네요."

건이 빙긋 웃으며 말했다.

"이번 학기 제 점수는 어때요?"

샤론이 자리에서 일어나 책상으로 간 후 서류 하나를 집어 들어 건에게 내 밀었다.

"말해 뭐해요? A 플러스지요. 다른 학생들도 열심히 했어요. 오케스트라에 들어간 학생도 있고, 미국의 팝 가수 투어에 세션으로 참여한 학생도 있었어요. 그중에 케이의 스튜디오 클래스를 도와줬던 기타학과의 '파비오 마르체티' 학생은 뉴욕 필하모니 오케스트라의 공연에 참여했답니다."

건이 놀랐다는 듯 말했다.

"예, 파비오가요? 와, 대단한데요."

샤론이 검지를 까딱이며 말했다.

"아무리 대단해도, 이건 절대평가가 아니라 상대평가니, 케이의 점수를 이길 사람은 없겠죠. 무려 레오파드라는 전설의 밴드를 부활시키고 다임 백 대럴이라는 천재 기타리스트의 자리를 대신했으니까요."

건이 어깨를 으쓱하며 장난스레 말했다.

"겸손한 모습보다 자신에 찬 모습을 보여드리고 싶지만, 너무 금칠을 하시니 어찌할 바를 모르겠네요."

샤론이 입을 가리며 한참 웃다 말했다.

"겨울 방학 때는 뭘 할 건가요? 이번에도 어딘가 가서 사고 칠 생각인가요?"

건이 눈썹을 치켜올리며 말했다.

"사고라뇨? 제가 사춘기 애도 아니고요, 하하. 이번 방학에 야말로 하고 싶었던 공부를 해보려고 해요."

샤론이 커피를 한 모금 마신 후 말했다.

"공부? 어떤 공부인가요? 음악?"

건이 당연하다는 듯 고개를 끄덕이며 말했다.

"CuBase 프로그램을 좀 배워보려고요."

샤론이 고개를 갸웃하며 말했다.

"CuBase요? 컴퓨터 음악 프로그램을 말하는 건가요? 그건 갑자기 왜요?"

건이 커피잔을 만지작거리며 말했다.

"저는 스스로 음악적 한계를 두고 싶지 않아요. 여러 악기를 배우듯이 작곡을 할 수 있는 프로그램도 배우고 싶거든요. 실은 오늘 교수님께 찾아온 것도 절 가르쳐줄 수 있는 분을 소개받기 위함이고요."

실망 섞인 말투로 샤론이 말했다.

"뭐예요? 난 내가 보고 싶어서 온 줄 알았는데?"

건이 멍한 표정을 지으며 샤론을 보다 그녀의 장난스러운 표정을 보고는 이내 웃음을 터뜨렸다.

"하하, 교수님도 물론 보고 싶었죠. 그게 첫 번째 이유, 방금 말씀드린 것이 두 번째 이유예요."

샤론이 커피잔을 내려놓고 잠시 턱을 괴고 눈을 감았다. 잠시 후 고민이 가시지 않은 표정으로 말했다.

"음…… CuBase라……. 줄리어드에는 그런 프로그램을 다루는 분이 없으니 좀 곤란하네요. 음……."

샤론의 고민이 조금 길어지자 건이 조용히 그녀의 입이 떨어지길 기다렸다.

말없이 무언가를 생각하던 샤론이 자신의 전화기에 수록된 전화번호부를 보다 멈췄다.

"음, 이분이라면 가능할 것 같긴 한데…… 개인적인 친분이 있는 분은 아니라서 부탁을 들어주실지 모르겠네요. 캘리포니아 콤프턴에서 투어할 때 교회에서 딱 한 번 보고 전화번호만 받은 사이라서요."

건이 양손을 들어 손바닥을 보이며 말했다.

"무리하진 마세요. 정 안 되면 그냥 학원이라도 다니면 되니까요."

"줄리어드 학생이 음악을 배우기 위해 다른 학원에 가다니요. 그런 건 용납할 수 없습니다."

샤론은 자신의 날카로운 대답에 건이 배시시 웃자, 기다리라는 듯 전화기의 통화 버튼을 눌렀다.

"여보세요? 아, 안녕하세요. 저 샤론 이즈민인데, 혹시 기억하시나요?"

─……:

"네네, 정말 오랜만이죠. 갑자기 전화해서 죄송합니다. 혹시 통화 가능하신가요?"

예의를 다해 통화하는 샤론의 모습을 본 건이 조용히 통화 내용에 귀를 기울였다.

"아, 다름이 아니라 제가 가리키는 학생 중에 '케이'라는 학생이 있는데……"

상대방의 목소리는 잘 들리지 않았다.

"아, 아세요? 네, 네 맞습니다. 네, 네. 가위 손의 음악 디렉터를 맡았던 그 학생이에요. 아시는군요?"

─……:

"그 학생이 CuBase 프로그램을 다루는 법을 배우고 싶어해서요. 저를 찾아와서 스승을 찾는데 제가 알려줄 수 있는 범위가 아니라 도움을 청하려고 전화 드렸어요."

옆에서 들어보니 통화의 상대방도 이미 건을 알고 있는 것 같았다.

"네? 직접이요? 안 바쁘시겠어요? 직접 해주시지 않으셔도 엔지니어급 한 분만 붙여주셔도 좋은걸요?"

─……:

"아! 네, 네. 알겠습니다. 그럼 학생을 보내도록 할게요. 갑작스러운 부탁인데 흔쾌히 응해주셔서 너무 감사해요, 미스터 영."

드디어 통화가 끝나는 분위기였다. 이야기가 잘 된 것으로 보였다.

"네, 그럼 다음에 식사 한번 해요. 네, 네."

샤론이 전화를 끊고 한숨을 한 번 크게 내쉰 후 전화기를 내려놓았다.

"제 입장에서도 부탁하기 어려운 분이었으니 나중에 제대로 식사 한번 시야 해요, 게이."

건이 당연하다는 듯 고개를 끄덕이며 물었다.

"그럼요! 당연하죠. 그런데 미스터 영? 그분은 어떤 분이세요? 교수님인가요?"

샤론이 손을 들어 자신의 귀를 가리고 눈을 감은 채 고개를 까딱까딱 흔들었다.

건이 무슨 뜻인지 알 수 없어 눈을 동그랗게 뜨자 샤론이 눈을 뜨고 말했다.

"안브레 로멜 영(AnBre Romelle Young)"

건이 고개를 갸웃하며 물었다.

"안브레 로멜 영? 뭐 하시는 분인데요?"

샤론이 자신의 서랍에서 헤드폰을 꺼내 보여주며 말했다.

"미국 힙합의 대부 '닥터 브레(Dr. Bre)'라고도 불리죠."

건이 캐리어를 끌고 캘리포니아 주 콤프턴에 도착했다.

잠시 지도를 검색하며 두리번거리고 있는 건의 얼굴은 항상 그렇듯 모자와 마스크로 가려져 있었다.

'콤프턴 하이스쿨 뒤에 있는 웨스트 코코아 스트리트라고 했었지?'

닥터 브레는 웨스트 코코아 스트리트에 있는 자신의 작업실로 건을 불렀다.

존 코릴리아노 교수와 한스 릭머의 집을 방문할 때와 달리 혼자 방문하는 건의 입장에서는 그의 집에 묵는 것보다 호텔에서 묵는 것이 편했기 때문에 작업실로 가는 것을 흔쾌히 받아들였다.

웨스트 아론드라 대로에서 왼쪽으로 꺾은 후 이정표를 보니 제대로 찾아온 것이 맞았다.

'1층에 Deats 매장이 있는 건물이랬지?'

건이 늦은 오전의 콤프턴 거리의 한산함을 느끼며 약간 더 걸어가니 1층에 대형 헤드폰 매장이 눈에 들어왔다.

반색한 건이 조금 빠르게 걸어 1층 매장으로 들어갔다.

조금 무섭게 생긴 흑인 여인이 브레드락을 하고 껌을 씹으며 건을 보았다. 그녀의 모습에 잠시 움찔한 건이 말했다.

"저…… 미스터 영과 약속이 되어 있는데요."

여인이 건을 째려보듯 쳐다보더니 카운터로 가 PC를 조작했다. 아마도 누군가와 메신저를 하는 것으로 보였다. 여인이 잠시 PC를 만진 후 건에게 고갯짓을 하며 말했다.

"저쪽 지하로 내려가세요."

"아, 예. 감사합니다."

건이 약간 무서워하는 기색을 보이며 황급히 지하로 내려가자 그 모습을 지켜보던 어인이 웃음을 지었다.

'순진한 애네. 귀엽긴.'

무거운 캐리어를 들고 낑낑대며 지하로 내려간 건의 눈에 엄청나게 화려한 스타일의 문이 보였다.

황금색으로 둘러쳐진 문의 상단에는 휘황찬란한 글씨체로 'Deats Studio'라고 양각되어 있었다.

희미하게 안쪽에서 들리는 음악 소리에 제대로 찾아온 것을 확인한 건이 문을 열기 전에 옷차림을 매만진 후 마스크와 모자를 벗었다.

잠시 헛기침을 하며 목을 가다듬고 노크를 했다. 안쪽에서는 음악 소리가 멈추지 않았고 몇 번이나 노크해도 반응이 없자 결국 살짝 안을 들여다보았다.

문을 열자 커다란 유리창 안에 빈 스튜디오가 보였고, 엔지니어링 기기가 잔뜩 놓인 화려한 방에 머리에 두건을 쓴 흑인이 헤드폰을 낀 채 팔짱을 끼고 앉아 있었다.

건이 조심스럽게 안으로 들어갔다.

"저기…… 안녕하세요?"

헤드폰을 끼고 있던 흑인이 인기척을 느끼고 헤드폰을 벗고 돌아보았다.

검은 두건을 쓴 흑인 사내는 키가 크지는 않았지만 덩치가 크고 무척 사나운 얼굴이었다.

그의 부리부리한 눈을 마주친 건이 흠칫하다 그를 알아보고 놀란 눈을 떴다.

'아, 파이어 큐브!'

파이어 큐브가 한쪽 눈썹을 올리며 물었다.

"뭐야? 여기 어떻게 들어왔어?"

건이 살짝 고개를 흔들어 정신을 차린 후 말했다.

"아, 예. 오늘 미스터 영과 만나기로 한 케이라고 합니다."

그제야 팔짱을 풀고 일어난 파이어 큐브가 건에게 손을 내밀었다.

"아, 그래. 삼촌한테 들었다. CuBase 프로그램을 배우러 왔다고?"

건이 악수하기 위해 손을 내밀자 손을 잡은 채 어깨를 부딪치는 파이어 큐브였다.

건이 익숙하지 않은 인사법과 그의 험악한 인상에 어색한 웃음을 짓자, 파이어 큐브가 말했다.

"삼촌, 잠깐 전화하러 갔어. 옆에 앉아서 잠깐 기다려."

"네, 감사합니다."

파이어 큐브는 건에게 신경을 끊을 것처럼 말하고는 건이 자리에 앉을 때까지 기다렸다가 바로 질문을 던져댔다.

"근데, 너 줄리어드 학생이라며? 너 마들렌 맨슨 뮤직비디오랑 가위 손 음악 디렉터 맞지? 근데 이런 프로그램은 왜 배워? 그냥 직접 연주하면 되잖아? 힙합이라도 해보려고?"

건이 엉거주춤한 자세로 말했다.

"아니요, 아직 그런 생각은 안 해봤고, 프로그램을 배우고 싶어서 저희 교수님께 부탁을 드렸는데, 엄청난 분을 소개받아 버렸네요. 하하."

파이어 큐브가 딴에는 친절하게 말한다고 했지만, 워낙 무서운 인상이어서 건은 약간 두려운 눈빛을 보냈다.

파이어 큐브는 그런 것은 안중에도 없다는 듯 질문 폭탄을 퍼부었다.

"그래? 동양에도 힙합이 있나? 아, 뭐더라? 'Rich Chigga'인가 걔는 잘하던데. 'Dat Stick'? 그 노래 괜찮더라. 너도 그 나라 사람이야?"

건이 손사래를 치며 고개를 흔들었다.

"아, 그 사람은 인도네시아 사람이고요. 저는 한국인이에요."

파이어 큐브가 약간 놀란 듯한 표정으로 말했다.

"오, 코리아! 작년에 내 영화가 한국에서 개봉할 때 이벤트로 한국 힙합 뮤지션들이 와서 공연했다는 이야기는 들었지. 한국은 작지만, 예술 비즈니스에서는 큰 시장이야."

파이어 큐브가 갑자기 일어나 건에게 다가와서는 주먹을 내밀었다. 건이 주먹을 빤히 보다가 주먹을 들어 마주치자 그가 씨익 웃으며 말했다.

"반가워. 내 인상이 좀 무섭지? 그런 이야기 많이 듣지. 나한테 해를 끼치지 않는다면 난 네게 좋은 사람이 될 거야. 여기 있는 동안 잘 지내자고."

건이 생긴 것과 다르게 친절한 파이어 큐브에게 호감을 느끼며, 경계심이 누그러뜨리고 함께 웃었다.

파이어 큐브는 마주 웃으며 손목시계를 보았다. 그의 손목에는 엄청나게 화려한 메탈 시계가 매달려 있었다.

"삼촌은 왜 이리 안 와? 나 잠깐 나가야 하는데. 여기서 좀 기다리면 곧 삼촌 올 거야. 나 어디 갔냐고 물으면 켄드릭이랑 약속 있어서 나갔다고 좀 말해줘. OK?"

"아, 네 알겠습니다. 다녀오세요."

파이어 큐브가 건을 작업실에 혼자 두고 나가자 긴장했던 건이 한숨을 크게 내쉬었다.

'후아, 진짜 무섭게 생겼네. 진짜 갱단에서 생활한 적 있다더니, 포스가 장난 아니구나. 그나저나 무슨 개인 작업실이 이렇게 화려해? 세상에 저 장비들 봐. 이 방에 있는 기계들만 팔아도 몇억은 되겠다.'

긴장이 풀린 건이 자리에서 일어나 진열장 가득 전시된 피규어와 앨범들을 구경했다. 이것저것 구경하던 건이 멈칫하며 손을 내밀어 진열장에 있던 CD 하나를 집어 들었다.

'와, 'The Chronic' 앨범이네. 헐, 1992년도 앨범이었어? 내가 태어나기도 전에 나온 거였구나. 그런데 지금까지 유명한 걸 보면 대단한 명반이었구나.'

미개봉 상태의 CD라 열어보지는 못했지만, 앨범 뒤쪽에 쓰인 글을 읽던 건의 뒤에서 갑자기 말소리가 들렸다.

"Wass Up? 아, 케이구나? 잠깐 전화 받고 오는 사이에 왔네?"

건이 화들짝 놀라 떨어뜨릴 뻔한 CD를 겨우 부여잡은 후 뒤를 돌아보았다.

짧은 머리에 50세의 나이가 무색하게 젊어 보이는 거구의 흑인이 그를 보며 씨익 웃고 있었다.

"아, 미스터 영. 반갑습니다. 케이입니다."

"아, 미스터 영이라고 부르지 마, 오글거리니까. 그냥 브레라고 불러. 친구들도 그렇게 부르니."

브레가 다가오며 손을 내밀자 케이가 악수를 하려 하다가 파이어 큐브와의 인사법을 떠올리고 손을 잡은 후 어깨를 부딪쳤다.

브레가 그런 케이의 인사에 흡족한 미소를 띠며 말했다.

"호오? 흑인 친구들이 좀 있나 봐?"

건이 어색하게 웃으며 말했다.

"사실은 조금 전까지 파이어 큐브와 함께 있었어요. 이렇게 인사하시더라고요, 하하."

브레가 건의 말을 듣고 녹음실 안 창문을 보며 말했다.

"아 그래? 근데 앤 어디 갔어?"

"그…… 케…… 켄드락? 그런 이름이었는데…… 그분이랑 약속 있다고 나가셨어요."

브레가 실소를 흘리며 작업실의 의자에 앉았다.

"그 자식도 열심히 해야겠네. 아직도 지 이름 모르는 사람이 있는걸 보면 말이야."

건이 무슨 실수라도 했나 싶어 눈을 동그랗게 뜨자 브레가 웃으며 말했다.

"켄드락 말이야. 켄드락 라마. 몰라?"

"예에? 래퍼 켄드락 라마요?"

"그래, 아네?"

건이 뒤통수를 긁으며 말했다.

"아, 설마 친구 만나는 것처럼 하고 나간 분이 말한 사람이

동일인일 거라고는 생각을 못 했어요."

"둘이 친구 맞아."

브레가 책상에 놓인 대형 모니터를 켠 후 말했다.

"음대 다니는 학생이니 작곡은 안 알려줘도 될 거고. 프로그램 사용법 위주로 알려주면 되나? 옆에 앉아 봐."

건이 재빨리 브레의 옆에 놓인 의자에 앉자 건 앞에 있던 모니터를 켠 브레가 말했다.

"컴퓨터는 세 대니까, 그쪽에서 내가 하는 걸 따라 하면서 배워."

건이 브레가 하는 것을 보고 바탕화면에 있는 CuBase 9의 아이콘을 클릭했다.

브레가 건 쪽으로 몸을 돌리며 설명을 시작했다.

"CuBase라는 프로그램은 막연한 작곡 프로그램이 아니야. 음악의 신호를 정렬하고 편집하기 쉽게 만든 프로그램이지. 음……. 음대생이 이해하기 쉽게 말하자면, 그냥 PC 안에 오선지랑 펜이 있다고 생각하면 돼. 어떤 음표를 그리는지는 네가 정해야 하는 거고."

건이 열심히 브레의 설명을 들으며 고개를 끄덕이자 브레가 설명을 이었다.

"CuBase는 시퀀싱(sequencing) 프로그램일 뿐이야. 이걸로 작곡한 음악을 그대로 음반으로 내기에는 퀄리티가 못 받쳐주지. 결국, 편하게 작곡을 하고 난 후에 같은 회사 제품인 'Steinberg Nuendo'를 사용하든, 악기로 직접 녹음을 하든 퀄리티 확보 작업을 추가로 해야 하지."

건이 약 두 시간가량 브레와 함께 프로젝트를 만드는 법부터 디바이스를 셋업하는 방법과 인풋으로 악기를 연결하는 법 등을 열심히 배웠다.

브레는 오랫동안 떠들어 목이 타는 듯 설명을 멈추고 말했다.

"커험, 뭐 좀 마셔야겠다. 너도 뭐 주스라도 먹을래?"

건이 모니터에서 눈을 떼지 않은 채 말했다.

"네, 주시면 감사하죠. 그런데 이 폴더는 뭐예요?"

브레가 자리에서 일어나다 건의 물음에 화면을 본 후 피식 웃었다.

"폴더 이름 보면 몰라? 'shit'이라고. 똥 같은 음악만 모여 있지. 실은 만들다 말았거나, 만들었는데 똥 같은 음악들을 넣어둔 폴더야, 킬킬. 아, 그거 폴더 복사해서 새로 저장한 후에 갖고 놀고 있어."

건이 브레의 말에 웃음을 터트리자 브레가 마실 것을 가지러 밖으로 나갔다.

건이 폴더를 클릭하자 100여 곡의 음악 파일들이 주르륵 보였다. 헤드폰을 쓴 후 음악을 재생하자, 프로그램 화면에 재생한 음악의 신호를 나타내는 파장이 표기되었다.

'좋은데? 이게 왜 똥이지? 닥터 브레쯤 되는 뮤지션은 이 정도 음악으로는 만족 못 하는 건가?'

건이 문득 브레의 말을 필기하던 노트에 헤드폰에서 흘러나오는 비트의 음들을 적어나가기 시작했다. 건의 노트에 적힌 음표들이 서서히 빛을 찾아가기 시작했다.

음악을 들으며 모든 음표를 받아 적은 건이 헤드폰을 벗고 수첩을 보며 생각했다.

'아, 이래서 그랬구나. 하하. 그럼 이제부터 똥을 금으로 만들어 볼까?'

건이 악보를 보며 음표들의 색을 맞춰보기 시작했다.

무슨 생각이었는지 곡 파일의 제목을 'Dog poop(개똥)'이라고 써둔 브레 때문에 잠시 웃던 건이 수첩을 보며 고개를 갸웃했다.

'가사가 안 붙어 있으니 어떤 감정을 염두에 두고 썼는지 모르겠네. 음표도 뒤죽박죽이네.'

건이 수첩의 앞 페이지에 지금까지 연구해둔 색에 대한 자료들을 들춰보며 생각했다.

'색에는 인간의 생리나 감정에 영향을 미치는 힘이 있다. 사람은 색을 단순히 눈으로만 보는 것이 아니라 마음으로 받아들이기 때문이야. 이는 음악도 마찬가지야. 단지 가사뿐 아니라 음에서 느껴지는 감정이 있기에 연주곡만으로도 감정의 변화를 느끼는 것이지.'

건이 한 페이지에 모든 음표를 다닥다닥 붙여 써둔 악보를 다시 한눈에 모두 훑으며 생각했다.

'이 악보의 음표들은 Gold(금색)와 Brown(갈색)이 섞여 있구나. 골드가 상징하는 것은 '영광, 힘, 부'이고 이 색은 항상 즐겁고 가슴 설레는 색깔. 이 색깔이 보내는 메시지는 '어울린다, 무언가 하고 싶다'였지? 브라운은 '안정, 물질적 강한 욕구'를 뜻하고, 메시지는 '항상 즐겁다'이고.

건이 펜을 꺼내 수첩에 적힌 음표들을 조금씩 수정해 나갔다.

"아무래도 Brown보다는 Gold가 압도적으로 많으니, 모두 Gold로 바꿔 보자. 힙합 뮤지션들이라 돈 자랑하는 가사가 많을 테니까."

건이 모든 음표가 Gold가 되도록 악보를 고친 후 펜을 입에 물고 고민에 빠졌다.

"돈이 많다는 게 좋은 것이겠지만…… 시작부터 끝까지 돈 자랑하는 음악이 재미있을까? 만약 나라면…… 그 돈으로 내 인생의 주인이 되고 싶은 것이 목적이지, 돈 자랑 자체가 목적은 아닐 것 같은데……."

건이 잠시 손안에서 펜을 굴리다 지금의 생각에 맞춰서 수첩의 음표들을 수정했다.

'일단 Blue(파랑)의 감정을 담아 보자. Blue의 상징적 의미는 신성함이나, 책임, 희망이지만 그 메시지는 스스로 믿음직한 인물이나 의사 결정자가 되고 싶다는 욕망이 담겨 있으니까.'

건이 수정을 위해 수첩에 펜을 대려다가 멈칫 한 후 다시 생각에 잠겼다.

'Verse는 Rap에 맡기고 Bridge만 수정해 볼까? Interlude를 기타로 하면 좀 더 좋을 것 같긴 한데, 어차피 힙합은 가사가 주는 메시지가 더 강하니까, 비트와 음들은 메시지에 힘을 더 실어주는 조연으로 충분해.'

건이 곡의 메인이 되는 클라이맥스(브릿지) 부분을 파란색으로 채운 후 CuBase를 이용해 비트를 찍고, 음을 입히기 시작했다.

처음 해보는 작업이라 그런지 작업 속도가 더딘 편이었고, 집중하느라 의자에서 등을 떼고 뚫어지게 모니터를 보며 키보드를 눌러댔다.

몇 분 후 브레가 주스를 가지고 등으로 문을 밀고 들어오며 말했다.

"미안, 늦었지. 손님이 와서 잠시 이야기하느라고. 사업상 찾아온 바이어라 그냥 보내기 뭐한데, 잠깐만 혼자 연습하고 있어. 금방 이야기 끝내고 같이 밥 먹자고."

"아, 네. 천천히 오세요. 혼자 연습해 보고 있을게요."

브레가 나가자마자 다시 모니터에 시선을 고정한 채 집중한 건이 약 50분이나 지난 후에야 크게 숨을 내쉬며 소파에 기대 앉았다.

"후욱! 와, 처음 해봐서 그런지 엄청 집중력이 필요했구나, 그래도 재미있다. 헤헤!"

건이 고개를 돌려 벽에 걸린 시계를 보았다.

'음? 벌써 시간이 이렇게 됐네. 브레는 아직인가?'

건이 잠시 더 자리에서 기다리다 결국 무료함을 참지 못하고 1층으로 올라갔다. 계단의 중간쯤을 올라가다 마침 내려오던 브레와 마주쳤다. 브레가 미안한 표정을 지으며 건의 등을 어루만져주며 말했다.

"아, 미안해. 파인애플(Pineapple)에서 사람이 와서 이야기가 좀 길어졌네. 배고프지? 밥 먹으러 가자."

건이 고개를 갸웃거리며 물었다.

"파인애플이요? 아리폰 나오는 회사 말씀이세요?"

브레가 검은 피부로 인해 더 하얗게 보이는 이를 드러내며 웃었다.

"응, 나 파인애플 직원이잖아, 하하. 내 메이커인 '비즈'를 파인애플이 인수했거든. 자연스레 직원이 되어버렸지. 자, 나가자고. 에이미! 나, 나갔다 올게!"

카운터에 팔꿈치를 걸치고 껌을 씹고 있던 에이미가 대충 손을 흔들어 알았다는 신호를 보내자 피식 실소를 지은 브레가 건과 함께 건물 밖으로 나갔다.

건물 밖으로 나온 브레가 보도블록 옆에 주차해둔 그의 차인 검은색 'Hummer H2'에 올라타며 말했다.

"타, 가까운 곳에 괜찮은 식당이 있으니까."

건이 엄청난 덩치의 차를 보고 놀라며 조수석에 올라타자, 터질 듯한 사운드를 뿜어내는 오디오에서 G-Funk 비트의 힙합 음악이 토해졌다.

건이 화들짝 놀라며 귀를 막자 브레가 씨익 웃으며 차를 출발시켰다. 약 5분여를 달려가자, 'Bestia Restaurant'라는 간판을 건 이탈리아 레스토랑에 도착할 수 있었다.

차에서 내려 주차요원에게 키를 준 브레가 건과 어깨동무를 하며 말했다.

"이 식당은 최소 두 달 전에 예약해야 올 수 있는 곳이라고. 물론 난 아니지만. 하하, 들어가자고."

식당 문을 열고 브레가 들어가자 식당 안에 있던 손님들의 시선이 집중되었다.

"오! 닥터 브레다. 여기가 단골집이라더니 진짜였네!"

"휘익! 멋져요."

다행히 아시아의 극성팬들과 달리 스타의 사생활을 존중할 줄 아는 팬들이 더 많은 미국이라 그런지 다들 식사를 하는 자리에 그대로 앉아 한마디씩 던지는 정도였다.

브레가 눈짓으로 자신을 알아보는 사람들에게 인사를 하며 안쪽 룸으로 들어가다, 뒤에서 들리는 함성에 놀라 고개를 돌렸다.

브레의 눈에 문을 열고 들어오는 건에게 환호하는 사람들이 보였다.

"아악! 케이야!"

"꺄아아아아! 어떡해, 어떡해! 진짜 잘생겼어!"

건이 살짝 웃으며 사람들에게 목례를 하며 다가오자 브레가 허리춤에 손을 올린 채 웃으며 말했다.

"어째 나보다 케이 네가 인기는 더 많은 것 같다?"

건이 계면쩍은 표정을 짓자 다시 어깨동무를 한 브레가 룸으로 분리된 공간으로 건을 안내했다.

자리에 앉자마자 테이블에 놓여 있는 메뉴를 직원에게 돌려주며 브레가 말했다.

"맨날 먹는 거로 두 개 줘, 리사."

리사라고 불린 붉은 머리 여직원이 살포시 웃으며 메뉴판을 받아 들고 케이를 곁눈질했다.

건이 리사와 눈이 마주치자 리사가 눈웃음을 쳤다. 그 모습에 건이 당황하자 브레가 말했다.

"그만 꼬시고, 나가서 일 보라고 리사."

리사가 룸을 나가면서도 계속 건에게 시선을 던지는 것을 지켜보던 브레가 어이없다는 듯 웃었다.

"야, 너 여자한테 인기 진짜 많구나? 하긴 엄청 잘생기긴 했네. 나중에 진짜 프로 음악가로 살려면 장점이 될 수도 있고, 단점이 될 수도 있겠다."

"예? 단점이요?"

"그래, 네가 아무리 제대로 된 음악으로 데뷔해도 네 얼굴 때문에 떴다는 비평은 피할 수 없을 테니까."

"그래요? 그런 건 생각도 안 해봤는데."

"실제로 그런 애들 많아. 실력 좋은 놈인데 외모 때문이라고 말하는 일부 안티 때문에 스트레스 좀 받지."

브레와 건이 이탈리안 레스토랑에서 담소를 나누고 식사를 하던 시각. 아무도 없는 브레의 작업실에 파이어 큐브가 돌아왔다.

작업실을 한번 둘러본 파이어 큐브가 건이 앉았던 자리에 털썩 주저앉았다.

'삼촌 또 어디 갔어? 아, 오늘 작업해 주기로 해놓고 하여간 사업한 다음부터 정신머리를 어디에 두고 다니는지 몰라.'

파이어 큐브가 헤드폰을 쓴 후 키보드를 두들기자 모니터가 화면 보호기에서 CuBase 작업화면으로 바뀌었다. 파이어 큐브가 작업 중인 파일을 보더니 고개를 갸웃한 후 플레이를 눌렀다.

쿠웅, 치직! 쿠웅, 타닥!

파이어 큐브가 몸을 뒤로 젖히고 헤드폰을 타고 흘러나오는 비트를 들었다. 진중한 표정으로 음악을 듣고 있던 파이어 큐브가 이를 드러내며 웃었다.

'역시 삼촌이네. 뭐야 작업 끝났으면 말을 해줘야지. 히히 이번 곡 죽인다, 죽여!'

한참 헤드폰을 쓴 채 음악을 듣던 파이어 큐브가 옆에 놓인 빈 종이를 들더니 급히 무언가를 써내려가기 시작했다. 거의 막힘 없이 한 번에 빈 종이의 반을 꽉 채우도록 글을 쓴 파이어 큐브가 다시 음악을 재생한 후 몸을 까딱이며 종이에 쓰인 글을 중얼중얼 읽기 시작했다.

중간중간 음악을 일시 정지시키고 다시 글을 수정하기를 수차례 반복한 파이어 큐브가 어느 순간 헤드폰을 벗고 자리에서 벌떡 일어났다.

"크하하! 이번 앨범은 플래티넘이다!"

황급히 녹음실로 들어가 장비를 점검한 파이어 큐브가 마이크 앞에 설치된 윈드 스크린 앞에 서서 헤드폰을 쓴 후 격정적인 랩을 속사포처럼 터뜨리기 시작했다.

멍청한 새끼, 내가 번 돈이 네가 처먹은 스테이크보다 많아.

멍청한 새끼, 날 욕할 시간에 내 뱃속에 낀 기름이나 빼.

×××, 난 람보르기니, 페라리, 벤틀리의 편안함 속에 잠이 들 테니.

한참 자신의 마음에 드는 사운드가 나올 때까지 랩 파트를 녹음한 파이어 큐브가 스튜디오에서 나와 다시 PC로 와 앉았다. 만족스러운 표정으로 팔짱을 낀 파이어 큐브가 CuBase 작업 파일을 보며 생각했다.

'후렴구는 노래인 것 같은데, 가사가 붙어 있네? 나보고 설마 노래하라는 건 아닐 테고, 객원 보컬로 염두에 둔 뮤지션이 있는 건가? 뭐 어쨌건 나중에 삼촌한테 물어봐야지.'

파이어 큐브가 전화기를 들어 어디론가 전화를 걸었다.

"어이 켄드릭, 나야. 그래. 이번 앨범 기대해라, 삼촌이 진짜 N.W.A 따위는 다 죽여 버릴 곡을 준비해 놨어."

전화기 속에서 뭐라고 대답을 했는지 파이어 큐브가 흥분한 목소리로 말했다.

"진짜라니까, 그 새끼들 오줌을 지리며 자빠질 거다, 이거 듣고 나면, 크하하!"

–……

"어? 또? 어딘데? 좀 전에 헤어졌는데 뭘 또 봐, 그냥 내일 봐."

말은 내일 보자고 하면서 벌써 문고리를 붙잡고 문을 열고 있었다.

아직 화면 보호기 모드로 전환되지 않은 CuBase 프로그램 화면 옆에 조그맣게 뜬 메모장에 후렴구의 가사가 힐끗 보였다.

편안함의 과식 속에 허탈한 과욕.

돈이란 과속으로 폭발하는 잠깐의 과육.

내가 먹은 달콤한 열매는 돈이 아니라 나의 즐거운 인생.

건이 놓고 간 수첩에서 파란색의 빛이 희미하게 뿜어져 나왔다.

다음 날.

전날 브레와 늦은 시간까지 담소를 나누느라 작업실로 돌아가지 못하고 호텔에서 자고 온 건이 작업실의 문 앞에 서자 안에서 브레와 파이어 큐브의 대화가 들려왔다.

"아 글쎄, 이거 내가 만든 곡 아니라니까?"

"아, 삼촌 왜 이래? 앨범도 안 낼 거라며, 아끼다 똥 된다? 가사도 다 쓰고 녹음도 다 마쳤는데, 이제 와서 왜 이래? 나 절대 이거 포기 못 하니까, 내놔."

"야, 내가 만들지도 않은 곡을 어떻게 주란 거야? 미국 법이 우스워 보여? 너 그러다 소송당해."

"몰라, 몰라! 나 그 곡 할 거라고!"

건이 고개를 갸우뚱한 후 작업실 문을 열자 브레와 파이어 큐브가 동시에 건을 돌아보았다. 브레가 손에 든 헤드폰을 책상에 던지며 말했다.

"어 왔어? 일찍 왔네?"

건이 살짝 웃으며 둘의 눈치를 보자 브레가 피식 실소를 흘리며 말했다.

"아니, 내가 만든 곡이 아닌 걸 자꾸 달라잖아."

브레가 파이어 큐브를 보며 답답하다는 표정을 지었다.

"이거 어디서 다운받은 비트야? 좋긴 한데, 남에 음악 발표하다가 어떻게 되려고 그래?"

그리곤 다시 건을 보며 고개를 절래절래 흔들었다.

"아, 이놈이 제대로 필 꽂혀서 억지를 쓰잖아."

파이어 큐브가 머리를 부여잡고 테이블에 박았다.

"어우! 켄드락한테 자랑해 놨는데, 뭐라고 하지! 아씨 짜증나!"

파이어 큐브가 짜증 내며 앉는 것을 보고 멀뚱히 있는 건을 보고 브레가 헤드폰을 내밀었다.

"너도 들어 볼래? 좋긴 좋아. 필도 제대로 살아 있고. 근데 마스터링 안 걸었는지 품질은 좀 떨어지네."

건이 헤드폰을 쓰자 브레가 트랙을 재생했다. 트랙의 첫 부분을 들은 건이 헤드폰을 쓴 채 화들짝 놀랐다. 브레가 건이 놀라는 표정을 짓자 재생을 멈추고 물었다.

"왜? 정전기 올랐어? 그거 비싼 거라 그럴 리 없는데."

건이 어색하게 웃으며 헤드폰을 벗었다.

"아하하, 그, 그게 아니고⋯⋯. 이거 제가 어제 만든 건데요⋯⋯."

브레가 눈을 크게 떴고 엎드려 있던 파이어 큐브가 자리에서 벌떡 일어났다.

"뭐? 이거 네가 만들었다고."

건이 헤드폰을 브레에게 넘겨주며 말을 이었다.

"아, 제가 만들었다고 말하면 안 되겠네요. 정확히는 브레가 만들어둔 것을 편곡한 게 맞아요."

브레가 어이없는 표정을 지으며 말했다.

"내 곡? 난 이런 거 만든 기억이 없는데?"

건이 마우스를 움직여 파일 제목을 드래그했다.

"이거요. Dog Poop."

화면을 보고 있던 브레가 어이없다는 표정을 지으며 입을 벌리고 건을 쳐다보았다. 파이어 큐브가 팔짱을 끼고 잠깐 고민하더니 작업실 밖으로 뛰어나갔다.

파이어 큐브의 뒷모습을 본 건이 고개를 갸웃하자, 브레가 떨어지지 않는 입을 겨우 움직여 말을 이었다.

"아, 아니. 이게 내가 곡이라고? 완전히 다른데? 사실 망한 곡들까지 모두 기억하고 있지는 않지만, 아예 기억에 없어 이런 곡은."

건이 웃으며 말했다.

"아, 좀 수정을 하긴 했어요. 그래도 제일 중요한 드럼 비트는 그대로 썼는데."

브레가 멍하니 화면을 보고 있자, 건이 물었다.

"근데 파이어 큐브는 어딜 뛰어가는 거예요?"

브레가 잠시 작업실의 닫힌 문을 쳐다본 후 한숨을 쉬며 말했다.

"속상해서 그랬겠지."

"예? 왜요?"

"이 곡 못 쓰니까."

"네? 왜 못 써요?"

"네가 썼다며. 넌 한국인이고."

건이 대화 자체를 이해하지 못하자 브레가 의자에 몸을 푹 기대며 팔짱을 끼고 설명했다.

"혹시 저놈 노래 중에 'Fuck Korea'라는 노래 몰라? 너희 나라에서 뉴스까지 나왔다고 하던데."

건이 모른다는 듯 고개를 절레절레 흔들자 브레가 말을 이었다.

"저놈이 동양인들이 운영하는 미국 편의점에 갈 때마다 흑인이라는 이유로 감시당하는 그 느낌이 너무 싫어서, 동양인들에게 경고하는 음악을 만든 적이 있었어. 사실 중국, 일본, 한국인들 모두에게 전하는 메시지였는데, L.A 근처에는 아무래도 한국인이 많다 보니까, 가사에 한국이라는 말이 들어갔거든."

"그 문제로 저놈 SNS에 한국인들이 우르르 몰려들어 욕을 한 바가지 얻어먹은 적이 있어. 곧바로 인터뷰로 흑인들을 잠재적 범죄자로 확정 짓는 모든 아시아인들에게 경고했을 뿐, 딱히 한국을 혐오하는 것은 아니라고 밝혔지만, 한국 언론은 그런 인터뷰는 보도하지 않았고, 한국인들의 기억 속에는 단지 한국 혐오증이 있는 흑인 래퍼로 저 녀석을 기억한다고 하더라."

건 역시 한국인이라 그런지 약간 기분이 상했지만, 브레의 자세한 설명에 어느 정도 이해를 하는 듯 고개를 끄덕이자, 브레가 말을 이었다.

"안 그래도 오늘 작업실에 오자마자 어제 너한테 물었더니 한국인이라고 하던데, 밥 먹을 때 자기 욕 안 하더냐고 묻더라. 저놈 겉은 저렇게 험악하게 생겼어도, 보기와는 다르게 좀 소심한 구석이 있거든. 그런데 하고 싶은 곡이 한국인인 네가 편곡한 거라니, 절대 자기한테 줄 리 없다고 생각하고 뛰어나간 거지, 뭐."

건이 스마트폰으로 'Fuck Korea'를 검색해 가사를 보았다. 가사 중 한국이라는 단어가 들어가는 것은 제일 마지막 부분이었다.

왜냐하면, 너희들이 흑인 거리를.
망할 한국으로 만들 수는 없으니까.
엿 먹어라!

건이 앞 가사를 찬찬히 훑어본 후 고개를 끄덕이며 스마트폰을 주머니에 집어넣자 그 모습을 긴장된 표정으로 지켜보던 브레가 침을 삼킨 후 물었다.

"네가 보기엔 어때? 일방적인 비난 같아?"

건이 고개를 저으며 옅게 미소를 지었다.

"흑인 입장에서는 충분히 기분 나쁠 만한 행동을 하긴 했네요. 하지만 동양인의 입장에서 덩치가 큰 흑인은 아주 위협적이에요. 옳다고 할 수는 없지만, 신체적 약자가 방어를 위한 경계를 하는 것이니, 그 부분은 이해를 해주셨으면 좋겠어요. 무섭게 생기고 덩치 큰 사람을 무서워하는 건 저도 마찬가지니까요."

브레가 건이 긍정적인 답을 하자 표정이 밝아져서는 다급히 말을 덧붙였다.

"그래, 맞아! 저놈도 알고 있다니까? 너 저놈이 쓴 다른 랩들 못 들어봤지? 진짜 저놈이 한번 욕하기 시작하잖아? 타깃이 된 놈은 정말 죽고 싶어질 만큼 거칠게 욕하는 놈이야. 이 가사는 그냥 살면서 기분 나쁜 순간에 본인이 받은 임팩트에 대해 쓴 것뿐이야. 사실 서로의 입장 차이가 있다는 건 저놈도 이해하고 있어."

조카인 파이어 큐브를 감싸던 브레가 별로 기분이 나쁘지 않은 것 같은 표정으로 계속 웃고 있는 건을 보고 조심스럽게 말했다.

"그래서 말인데…… 저놈이 이걸 진짜 마음에 들어 하거든?

이 곡 저놈한테 주면 안 될까?"

건이 가만히 브레를 보자, 약간 긴장한 듯한 표정으로 대답을 기다리고 있었다.

얼마간 말없이 그를 바라보던 건은 결국 웃음을 참지 못하고 터뜨려 버렸다.

"푸하하, 장난이에요. 이거 브레의 음악인데요, 뭐. 쓰세요. 그리고 브레가 만든 곡이라고 표기하셔도 돼요. 제가 한 거라곤 편곡밖에 없는걸요."

브레가 생각지도 못한 건의 대답에 놀란 눈으로 다시 한번 물었다.

"뭐? 내가 만들었다고 하라고? 이걸?"

"네, 원래 당신 노래였는데요, 뭐."

"아니, 너 이게 돈이 얼마가 벌릴 줄 알고 그래? 나중에 히트쳐서 배 아프다고 기자들한테 가서 네가 만들었다고 말하면 내가 뭐가 돼? 안 돼, 안 돼."

"괜찮아요, 브레. 수업해 주신 값이라고 생각해요. 닥터 브레가 알려주는 CuBase 수업이라니, 모든 학생이 바라는 것일 텐데요."

"진짜 괜찮아? 네 이름 올려주는 거 어렵지 않은데?"

"진짜 괜찮아요, 대신 제대로 알려주셔야 돼요. 저도 손해 보는 걸 좋아하는 성격은 아니거든요."

브레가 건의 진위를 파악하려는 것인지 진중한 눈빛으로 건의 눈을 빤히 보다가 손바닥을 내밀었다.

"좋아, 최고의 수업으로 보답하지. 대신 나중에 딴말하면 너 까는 노래 만들어서, 네미넴이랑 50 USD한테 부르라고 줄 거야."

건이 재미있다는 표정으로 손바닥을 마주쳤다.

"하하, 그것도 재미있겠네요. 네미넴과 50 USD의 입에서 제 이름이 나오는 건 나름 영광인데요?"

브레가 건이 마주친 손을 그대로 잡고 어깨로 건의 가슴을 툭 치며 웃어준 후 자리에서 일어났다.

"잠깐만 기다려, 이놈 불러올게. 속상해서 술이라도 마시려고 돌아다니고 있을 거야. 잡아 올게."

"네, 다녀오세요."

건이 문을 열고 나가는 브레의 뒷모습을 보다가 화면으로 고개를 돌리려는 순간 다시 문이 열렸다. 문 앞에는 웃고 있는 브레 뒤로 계면쩍은 얼굴의 파이어 큐브가 서 있었다.

브레가 과장된 몸짓으로 배를 잡고 웃음을 터뜨리며 파이어 큐브를 손가락질했다.

"푸하하, 이 녀석! 문 앞에서 다 듣고 있었어, 푸하하!"

파이어 큐브가 자신을 어이없는 표정으로 쳐다보는 건과 눈을 마주치고는 어색하게 웃었다.

"이해해 줘서 고, 고맙다."

건이 그 모습이 웃겨 브레와 함께 웃자 더 민망해진 파이어 큐브가 자리에 앉아 헤드폰을 썼다.

브레가 그런 파이어 큐브의 헤드폰을 빼앗아 귀에 대고는 더 크게 웃었다.

"뭐야, 크하하! 이 녀석 음악도 안 틀고 헤드폰만 쓰고 있어, 푸하하!"

"그, 그만 놀려!"

"으하하, 으하하! 아 진짜 웃기다."

한참 바닥을 구를 듯 눈물까지 흘리며 웃던 브레가 손으로 눈가를 닦으며 말했다.

"안심하고 녹음해라, 밖에서 다 들었을 테니까 따로 설명 안 해도 되지?"

파이어 큐브가 불퉁한 표정으로 고개를 끄덕인 후 다시 헤드폰을 빼앗아 들고 머리에 썼다. 브레가 그런 그를 웃는 얼굴로 보다가 슬쩍 건을 보았다.

브레와 눈을 마주친 건이 고개를 끄덕이며 미소를 지었다. 건이 남은 자리에 앉자 브레가 지금까지와 다르게 건의 옆에 선 채 CuBase 수업을 시작했다.

하나하나 제대로 가르쳐주는 브레 덕에 건의 실력이 빠르게 늘어났다. 한 시간가량 수업해 준 브레가 아우터를 어깨에 걸

치며 말했다.

"나 잠깐 나갔다 와야 하니까, 케이는 연습 계속하고, 또 망한 곡 가지고 편곡해 주면 더 고맙고, 하하. 큐브 넌 가사 좀 고쳐봐. 아직 펀치 라인이 부족하니까, 듣는 놈들이 워우! 하는 가사로 죽이게 뽑아 봐."

브레가 나가자 어색한 침묵이 흘렀다.

파이어 큐브가 가사를 쓰면서 힐끗힐끗 건의 눈치를 보자, 건이 분위기를 바꿀 의도로 다른 주제의 질문을 던졌다.

"브레는 이제 앨범 안 내나요? 2년 전에 낸 앨범이 마지막이던데."

파이어 큐브가 가사를 쓰다 펜을 내려놓으며 건의 질문을 받았다.

"응, 이제 은퇴한다더라. 저번에 마지막 앨범이라고 인터뷰까지 했어."

"왜요? 아직 나이가 많지도 않으시고, 작업 능력이 떨어지시는 것도 아닌데. 워렌 지처럼 랩이 피곤해지신 걸까요? 인터뷰에서 비싼 물건이나 차만 이야기하는 랩이 피곤하다고 했던 그 사람처럼요."

건이 화면에 시선을 고정한 채 파이어 큐브의 답을 기다렸지만, 그의 답이 들려오지 않자 고개를 돌려 파이어 큐브를 돌아보았다. 그러자 진지하게 자신을 바라보고 있는 파이어 큐브의 얼굴이 눈에 들어왔다.

"너, 몰라? 유명한 이야기인데."

"예? 무슨 이야기요?"

파이어 큐브가 건을 빤히 바라보다 자리에서 일어나 서재에 꽂힌 무수한 CD 중 하나를 꺼내 넘겨주었다.

건이 CD를 받아 들고 표지를 보며 물었다.

"커리스 영(Curis Young)? 성이 브레와 같네요?"

파이어 큐브가 약간 침울해진 얼굴로 말했다.

"삼촌 아들이야. 9년 전에 죽은 아들."

파이어 큐브가 추억에 잠긴 눈빛을 하고 담담한 어조로 말했다.

"커리스는 말이야. 삼촌이 이혼한 여자의 아들이었어. 그런데 재미있는 게 뭔지 알아? 그 여자가 커리스가 15살 때까지 자기 생부가 삼촌이란 걸 숨겨왔다는 거야."

건이 놀란 눈으로 물었다.

"예? 그럼 커리스란 분은 열다섯 살 때까지 브레를 만난 적이 한 번도 없어요?"

파이어 큐브가 고개를 끄덕이며 한숨을 쉬었다.

"휴, 그래, 말도 안 되는 일이지? 그것도 계부가 만취한 상태로 말한 거래. 네 진짜 아버지는 닥터 브레라고."

"그래서 어떻게 됐어요?"

"피는 속일 수 없는지 커리스도 래퍼로 살아가길 원했었나 봐. 자기 아버지가 우리 삼촌이란 걸 알기 전부터 말이야. 그여자도 지독하지. 재혼한 놈이 돈도 못 벌고 망나니 같은 놈이라 그렇게 가난하게 살고 있었으면서도 평생 삼촌한테 연락 한번 안 하다니 말이야."

"양육비 같은 것도 없었어요?"

"있었지, 삼촌이 매달 보내줬으니까. 그놈이 중간에서 다 가로채서 술과 도박으로 날렸지만."

"그럼 커리스는 열다섯 살이 되어서야 아버지를 처음 만난 건가요?"

"아니, 그럼 다행이게. 스물한 살에 만났어. 그때 삼촌은 진짜 잘 나가는 스타였거든. 연락하고 싶다고 할 수 있는 존재가 아니었지."

"예? 스물한 살요?"

"그래. 편의점에서 일하면서도 매번 해고당하고, 식당부터 마트까지 안 해본 일 없이 고생했다고 하더라.

파이어 큐브가 자리에서 일어나 팔짱을 낀 채 서재에 꽂힌 책 사이에서 사진 한 장을 꺼냈다. 사진을 보며 한숨을 내쉰 그가 건에게 사진을 넘겨주었다.

건이 사진 속에 꼭 닮은 두 남자를 보며 말했다.

"앨범 커버에 있던 분이네요. 두 사람 이렇게 보니 정말 꼭 닮았네요."

파이어 큐브가 다시 자리에 털썩 주저앉으며 말했다.

"두 사람이 처음 만난 날, 서로 아무 말 없이 몇 분이나 서로의 모습을 뜯어보더라. 커리스는 몰라도 삼촌은 많이 보고 싶어 했거든. 그 여자가 접근도 못 하게 해서 지금까지 아주 멀리 차를 대놓고 훔쳐보기만 했었어. 그 날 두 시간이 넘게 서로 어떻게 살았는지 이야기하더라고."

건이 파이어 큐브의 이야기를 들으며 사진을 뚫어지게 보고 있자 그가 말을 이었다.

"결국, 두 사람이 뭉쳐서 앨범을 만들었어. 커리스에게 재능도 있었고, 삼촌이 프로듀싱하면 전혀 다른 퀄리티의 음악이 나오니까 인정도 받았지."

"그렇군요. 그럼 돌아가신 이유는 뭐에요? 뭔가 지병이라도 있으셨나요?"

파이어 큐브가 잠시 말을 아끼며 고개를 숙이고 자신의 신발을 쳐다보았다. 분위기가 이상해지자 건이 사진에서 눈을 떼고 파이어 큐브에게로 눈을 돌렸다.

잠시 뜸을 들이던 파이어 큐브가 말했다.

"약물 중독이었어."

건이 놀란 눈을 크게 뜨자 건을 힐끗 본 파이어 큐브가 눈을 아래로 내리깔며 말했다.

"병도 아니고, 사고도 아니고 약물 중독으로 죽었어. 그래서 모두가 손가락질했고, 아무도 커리스의 죽음을 안타까워하지 않았어. 자업자득이라고 생각하겠지. 뭐, 그렇게 틀린 말도 아니고."

건이 말을 아끼며 파이어 큐브의 말에 귀를 기울였다.

"하지만 말이야…… 새끼 잃은 부모 심정을 생각해 봐. 얼마나 가슴이 아팠겠어? 21년간 멀리서만 봐 왔던 아들이 이제 품으로 들어왔는데 날아오르기도 전에 죽었으니, 삼촌 마음이 어땠겠어?"

파이어 큐브가 잠시 한숨을 쉬며 땅을 바라보자 건이 조심스럽게 물었다.

"그럼…… 그때부터였나요? 브레의 창작 의욕이 꺾인 시점이요."

파이어 큐브가 고개를 저으며 말했다.

"조금 달라. 아들을 잃은 충격 때문이라고 하긴 그렇고. 힙합이라는 장르의 특성과 삼촌에게 일어난 개인사가 합쳐진 결과인 거겠지."

건이 어리둥절한 표정으로 파이어 큐브를 보자 그가 말을 이었다.

"힙합이라는 장르는 말이야. 자기의 인생을 이야기하고, 자기의 사상과 생각을 랩으로 내뱉는 장르야. 비트가 아무리 끝내줘도 자신의 인생이 담긴 말들을 내뱉지 않으면 듣는 사람에게 와닿지 않거든. 2015년에 낸 앨범도 평론가들에게는 좋은 퀄리티의 음반이란 평가를 받긴 했어. 하지만 힙합씬에서는 인정받지 못했지. 자기 소리를 낸 앨범이 아니었거든."

"컴프턴(compton)이란 앨범 아니었어요? 브레가 나고 자란 마을에 대해 노래한 앨범이라고 알고 있는데, 아닌가요?"

"맞아, 그런데 사기 속에 있는 신싸 이야기가 아닌 이야기를 억지로 하니까 임팩트가 떨어진 거지. 아마 아들의 이야기를 하고 싶었을 거야. 하지만 이미 사업가가 되어버린 삼촌은 대중에게 손가락질받는 노래를 하기가 꺼려진 거겠지. 삼촌 회사를 파인애플이 인수한 직후라 이미지에 타격을 줄 수 없었을 테고."

건이 브레가 느꼈을 감정을 생각해 보며 조용히 눈을 감았다. 건의 머릿속에 시카고에서 보았던 딸을 잃은 엄마의 모습이 맴돌았다.

브레가 느꼈을 감정도 아마 그랬을 것이다. 감정의 정도는 사람마다 차이가 있겠지만, 자식 잃은 부모의 심정은 비슷할 것이라는 생각이 들었다.

파이어 큐브가 건이 혼자만의 생각에 잠기자 잠시 건을 바라보다 헤드폰을 쓰고 작업에 열중했다. 둘은 한참 동안 아무 말 없이 자신들의 세계로 빠져들었다.

약 한 시간 동안 쉬지 않고 작업을 하던 파이어 큐브가 문득 헤드폰을 벗고 말했다.

"그런데 케이 부탁하고 싶은 것이 하나있는데. 네가 편곡한 곡 있잖아. 거기 보컬 파트가 있던데. 나중에 보컬 섭외해서 녹음할 때를 대비해서 가이드 녹음을 네가 좀 해주면 안 될까? 난 노래는 영 아니라서 말이야. 대충 네가 살리고자 했던 감정으로 가이드 떠주면 될 거야."

건이 눈을 뜨고 고개를 끄덕이며 자리에서 일어났다.

"네, 좋아요. 가이드쯤이야."

파이어 큐브가 반색하며 가사를 적은 종이를 인쇄했다.

프린터 앞에서 기다렸다가 인쇄지가 나오자마자 낚아챈 파이어 큐브가 종이를 건에게 내밀며 말했다.

"여기 Verse 1이 끝나는 지점이 좀 타이트해. 랩 파트가 끝나기 전에 보컬이 물려 들어가거든? 그러니 조금 빠르게 박자를 치고 들어가야 할 거야. 랩 쪽은 일차 녹음 떠 놨으니까 랩 들으면서 박자 들어가면 돼. 일단 들어가서 트랙 하나 줘 볼 테니 몇 번 연습해 봐."

건이 종이에 기재된 파트 분배를 보며 녹음실로 들어가 헤드폰을 쓴 후 보면대 위에 종이를 올려두고 창밖에 보이는 파이어 큐브에게 신호를 보냈다.

신호를 받은 파이어 큐브가 내부에 연결된 마이크로 지시를 내렸다.

"일단 랩 파트 녹음된 트랙 재생해 줄 테니까, 한 번 들어 보면서 박자 파악해 봐."

건이 고개를 끄덕이자, Dog Poop의 비트가 헤드폰을 타고 울려 퍼졌다.

파이어 큐브의 굵은 저음의 다소 느린 랩이 흘러나오자, 건이 미소를 지었다. 자신이 내려고 했던 감정 그대로의 가사였기 때문이었다.

Verse 1과 첫 번째 Bridge까지 재생한 파이어 큐브가 재생을 멈춘 후 마이크로 말했다.

"박자 어때? 들어가는 게 조금 어려울 텐데, 한 번 더 들어 볼래?"

건이 손을 들어 엑스자를 그리자 파이어 큐브가 말했다.

"그냥 말하면 들려. 손짓 안 해도 돼."

건이 어색한 웃음을 지으며 말했다.

"아, 여긴 마이크처럼 보이는 게 없어서 몰랐어요."

"네 앞에 있는 윈드 스크린 뒤에 있는 건 마이크가 아니고 뭐냐?"

"아하하, 그러네요."

"그럼 연습 삼아 녹음 한 번 가보던지. 트랙 줄게."

건이 고개를 끄덕이자 다시 트랙이 재생되었다. 랩 파트가 끝나가자 허벅지를 손으로 치며 박자를 세던 건이 노래를 시작했다.

편안함의 과식 속에 허탈한 과욕.
돈이란 과속으로 폭발하는 잠깐의 과육.
내가 먹은 달콤한 열매는 돈이 아니라 나의 즐거운 인생.

녹음실 밖에서 단지 연습으로 녹음하는 것이라 생각하고 잠시 딴 곳을 보던 파이어 큐브가 건 쪽을 돌아보지도 못한 채 그대로 몸을 멈추고 눈을 크게 떴다.

보컬 파트가 완전히 끝난 후 녹음실 창문 넘어 손짓을 하는 건을 본 파이어 큐브가 다급히 음악을 멈췄다.

녹음실 안에서 건이 말했다.

"아직 완전히 감을 못 잡았네요. 일단 편곡할 때 이 부분은 스스로에 대한 믿음에 관해 표현하려 했는데, 생각해 보니까 세상 다 산 노인이 표현하는 허무함이 더 어울릴 것 같아요. 다시 해볼게요."

파이어 큐브가 건의 말을 들으며 입을 떡 벌렸다. 건이 헤드폰을 쓰고 윈드 스크린 앞에서 자세를 잡고 있다가 음악이 나오지 않자 파이어 큐브에게 손짓했다.

한참 멍하니 건을 보고 있던 파이어 큐브가 건의 손짓에 놀라며 다급히 재생 버튼을 눌렀다.

다시 음악이 퍼지자 허무함을 잔뜩 담은 목소리지만, 인생의 진리를 깨달은 자의 현명함이 느껴지는 노래가 작업실을 가득 메웠다.

파이어 큐브가 눈을 크게 뜨고 입을 약간 벌린 채 멍하니 건을 보고 있었다. 건이 헤드폰을 빗은 후 작업실 밖으로 나와 자신을 멍하니 보고 있는 파이어 큐브를 보며 음악 재생 버튼을 껐다.

"뭐해요? 녹음 안 할 거예요?"

파이어 큐브가 자리에 앉은 채 자신을 내려다보며 웃고 있는 건을 보며 말했다.

"와…… 너 뭐냐……?"

"뭐긴요, 케이죠."

"그, 그래 케이인건……. 이건, 뭐…… 말이 안 나오네. 실력이 그 정도인데 왜 아직 데뷔를 안 해? 여기서 공부를 더 해서 뭐하려고? 성공하려고 공부하는 거 아냐? 너 정도면 성공하고도 남아."

건이 어깨를 으쓱하며 말했다.

"어떤 음악을 할지도 결정 못했는걸요. 이것저것 다 배워보고 결정해야죠."

파이어 큐브가 고개를 절레절레 흔들며 손으로 자신의 눈을 가렸다.

"어휴, 천재라더니. 나는 정말 천재들의 생각은 이해를 못 하겠다."

건이 씨익 웃은 후 파이어 큐브가 조작하던 PC의 마우스로 트랙을 확인한 후 말했다.

"뭐예요, 두 번째 녹음한 거는 녹음 버튼도 안 누르셨나 보네요?"

파이어 큐브가 그제야 고개를 들어 PC 화면을 보았다.

"아, 미안. 좀 놀라서."

건이 다시 녹음실로 들어가며 말했다.

"이번엔 제대로 녹음해 주세요."

건이 파이어 큐브가 재생해준 트랙에 다시 보컬 트랙을 입혔다. 한 번에 녹음을 종료한 건이 더블링 트랙으로 화음까지 쌓아 나가자 밖에서 멍하니 보던 파이어 큐브가 속으로 중얼거렸다.

"이런 가이드를 들려주면, 어떤 가수가 자기가 하겠다고 할까? 하아……. 차라리 케이 이름을 올리고 노래도 해달라고 부탁해서 앨범을 내는 게 나으려나."

"이놈아. 그러다 쟤 한국 팬들한테 욕먹는다. 아서라."

뒤에서 들리는 소리에 고개를 돌린 파이어 큐브의 눈에 작업실 출입문에 기대 팔짱을 끼고 있는 브레가 들어왔다.

파이어 큐브가 브레 쪽으로 몸을 돌리고 손가락으로 녹음실 안에 있는 케이를 가리키며 눈을 크게 뜨고 입을 뻐끔뻐끔거렸다.

그 모습을 보던 브레가 팔짱을 풀고 웃으며 문밖을 향해 고갯짓하며 말했다.

"들어가자."

문밖에 누가 있다는 것을 느낀 파이어 큐브가 목을 길게 빼고 문을 바라보자, 회색 후드 집업의 모자를 머리에 덮어쓴 백인 남성이 들어왔다. 파이어 큐브가 주먹을 내밀며 웃었다.

"Yo, home dude?(오, 이 친구. 잘 지내?)"

흑인들이 사용하는 특유의 인사 법을 받은 백인 남자는 전혀 생소하지 않은 듯 주먹을 마주치며 말했다.

"헤이, 파이어! 오랜만이야. 죽여주는 보컬을 구했구나? 밖에서 듣다 소름 돋았어."

파이어 큐브가 밝아진 얼굴로 그의 주먹을 잡고 말했다.

"파티 있다더니, 거기 안 가고 왜 여길 왔어?"

"어, 너 데려가려고. 오랜만에 한잔 빨자."

"오? 좋아. 하던 거만 끝내고 가자고."

백인 남자가 후드를 뒤집어쓴 채 녹음실 안에서 노래하고 있는 건을 고갯짓하며 말했다.

"저 친구가 케이야, 브레?"

브레가 주머니에 손을 넣은 채 고개를 끄덕였다.

"응, 천재 소년이라고 불리지. 실제로 만나봤더니 제대로 미친 천재더라."

백인 남자가 눈썹을 치켜올리며 브레를 돌아보았다.

"네가 천재라고 말할 만큼?"

"그래, 날 놀라게 했던 놈은 몇 안 되니까."

백인 남자가 장난스럽게 웃으며 자신을 가리켰다.

"나처럼?"

브레가 하얀 이를 드러내며 웃었다.

"그래, 너처럼. 스넵을 처음 봤을 때도 비슷했지."

"아, 뭐. 스넵은 인정하지."

"근데 임팩트는 쟤가 더 강해. 쟤는 너나 스넵처럼 힙합하는 애가 아니거든."

"록하는 애 아냐? 마릴린 맨슨, 산타나, 레오파드랑 어울린다고 들었는데."

"록을 좋아하는 것 같기는 한데, 아직 학생이라 이것저것 경험해 보고 있나 봐."

건이 창밖으로 느껴지는 인기척에 고개를 돌려 밖에서 자신을 지켜보는 사람들을 보다 눈을 크게 떴다.

'네, 네…… 네미넴?'

건이 헤드폰을 벗은 후 멍하니 창밖의 네미넴을 보다 브레와 이야기하던 네미넴과 눈이 마주쳤다.

네미넴이 건을 보며 한 손을 들어 흔들자, 건이 황급히 녹음실 밖으로 나와 손을 내밀었다.

네미넴이 건이 내민 손을 빤히 보다가 건의 손을 잡고 주먹을 쥐게 한 후 자신의 손을 부딪쳤다.

"난 겉민 하얀 흑인이야, 케이. 만나서 반갑군."

"아, 예. 제가 더 반갑죠. 팬입니다, 정말!"

네미넴이 피식 웃으며 말했다.

"그렇게 말해줘서 고마워. 하지만 요샌 나보다 네가 더 핫하던 걸 뭐."

브레가 웃으며 네미넴을 거들었다.

"맞아, 케이에 비하면 우린 퇴물이지."

케이가 두 사람이 대놓고 얼굴에 금칠을 하자, 어색하게 웃었다.

자리에 앉아 서 있는 세 사람을 올려다보던 파이어 큐브가 문득 생각났다는 듯 물었다.

"그런데, 삼촌. 케이가 보컬을 하는 거랑 욕먹는 거랑 무슨 상관이야?"

브레가 허리에 손을 올리며 한숨을 내쉬었다.

"생각을 좀 해라. 널 이해해 준 건 케이 개인이지. 한국 전체가 아냐. 네 앨범에 피처링했다가 한국인들에게 케이가 욕먹는다고."

파이어 큐브가 그제야 이해가 된다는 듯 약간 침울해졌다.

그 모습을 본 건이 파이어 큐브에게로 다가가 한쪽 무릎을 꿇고 눈을 맞추었다.

"제가 할까요? 전 괜찮은데."

파이어 큐브가 눈을 크게 뜨고 되물었다.

"뭐? 한국 팬들한테 욕먹어도 상관없어? 한국은 예술적인 자유에 대해 인정하는 폭이 좁은 나라 아니었나? 거긴 아무 말이나 하다가 매장당하는 사람이 많다고 하던데."

건이 아무도 보이지 않게 파이어 큐브만 알아볼 수 있도록 브레 쪽으로 눈짓을 보내며 말했다.

"그림자를 두려워해선 안 돼요. 그림자가 있다는 건 어딘가 가까운 곳에서 빛이 비치고 있다는 것이니까요."

파이어 큐브가 진지해진 표정으로 건을 보다가 힐끗 브레를 보았다. 브레의 눈빛이 살짝 흔들리는 것을 본 파이어 큐브가 건에게 주먹을 내밀며 말했다.

"명언이네. 내 가사로 써도 되나?"

건이 싱긋 웃으며 주먹을 부딪혔다.

두 사람이 웃는 것을 지켜 보던 네미넴이 손목시계를 본 후 말했다.

"자, 파티에 늦겠다. 케이 너도 가자."

"예? 무슨 파티인데요? 전 술 못 마시는데."

네미넴이 후드의 주머니에 양손을 집어넣고 아래로 당기며 문 쪽으로 걸어갔다.

"아, 상관없어. 가서 스넵이랑 인사나 해. 스넵 독 알지? 걔가 하는 파티야."

네미넴의 입에서 스넵 독이란 말이 들리자마자 건의 얼굴이 밝아졌다.

"와! 좋아요. 인사하러 갈게요! 하핫! 제가 말로만 듣던 래퍼들의 파티에 가다니, 꿈 같은데요."

왁자지껄하게 떠들며 작업실에서 나온 일행이 브레의 차에 올라타 스넵이 파티를 하는 클럽으로 이동했다.

파이어 큐브는 건에게 곡을 받은 후 부쩍 살갑게 대해주었고, 네미넴은 약간 시크한 표정을 하고 있지만 대체적으로 친절한 성격이라 어울리는 데 지장은 없었다. 건이 창밖으로 지나가는 콤프톤 시내를 보다 문득 파이어 큐브에게 귓속말로 물었다.

"저…… 혹시 래퍼들의 파티가, TV에서 보는 것처럼 막 마약 하고 그런 파티는 아니겠죠?"

건이 하는 말을 귀 기울여 듣고 있던 파이어 큐브가 웃음을 터트리려다 앞자리에 앉은 브레의 눈치를 보며 입을 막은 후 조용히 말했다.

"삼촌 앞에서 약하는 놈은 없어. 맞아 죽고 싶은 놈이 아니라면 말이야. 이쪽 동네에서 삼촌 눈 밖에 나면 밥 먹고 살기 힘드니 다들 하고 싶어도 참는 분위기지."

건이 고개를 끄덕이자, 곧바로 차가 멈춰 섰다.

앞 좌석에 앉아 있던 네미넴이 내리자, 파이어 큐브가 차 문을 열며 말했다.

"가자고."

차에서 내린 건의 눈에 휘황찬란한 네온사인으로 'Club Compton'이라는 글이 새겨진 클럽이 보였다.

일반적인 미국의 클럽 앞에는 많은 사람이 화려한 옷을 입고 줄을 서 있지만, 이 클럽 앞에는 엄청난 덩치의 흑인 보안요원 네 명이 지키고 있을 뿐, 손님으로 보이는 사람은 어디에도 없었다.

브레와 네미넴이 먼저 들어가려다 건을 돌아보고는 보안요원에게 말했다.

"얘도 우리 일행이야."

선글라스를 쓴 보안요원이 가볍게 턱을 끄덕이며 고갯짓으로 입장하라는 신호를 주자, 넷이 클럽 입구에서 지하로 통하는 계단으로 내려갔다.

계단을 내려가면서부터 들리기 시작한 음악 소리는 맨 앞에 선 브레가 문을 열자 엄청난 사운드로 변했다.

건의 눈에 어두운 클럽 내부가 들어왔다.

DJ가 턴테이블 박스에 서서 헤드폰을 쓰며 춤을 추고 있었고, 클럽을 통째로 빌린 듯 한산한 클럽 중간중간에 간간이 흑인과 백인 여성들이 섹시한 춤을 추고 있었다. 클럽 중앙에 큰 소파 네 개가 붙어 있었고, 그곳에 몇 명의 사람이 앉아 술을 마시고 있었다. 스피커가 찢어질 듯 큰 소리로 울려 퍼지고 있는 음악은 닥터 브레의 음악이었는데, Sneep Dogg, Gurupt, Date Dogg이 함께했던 'The Final Episode'였다.

브레와 네미넴이 소파에 털썩 앉으며 말했다.

"헤이, 스넵. 우리 왔다."

브레드 락을 하고 선글라스를 쓴 스넵 독이 한 손을 들어 올리며 웃었다.

"어이, 왔어?"

브레가 소파에 편안히 앉은 채 뒤에 오던 파이어 큐브와 건 쪽으로 고갯짓을 하며 말했다.

"어, 소개해 줄 사람이 있어. 케이라고. 지금 나랑 같이 뭘 좀 하고 있는 친구야. 음악 하는 친구고."

건이 브레의 소개에 스넵 독이 앉은 소파로 가 말했다.

"안녕하세요, 케이라고 합니다. 정말 팬입니다. 만나 뵙고 싶었어요."

스넵 독이 선글라스를 살짝 내리고 건을 보며 말했다.

"어, 그래 잘 왔어, 친구. 음악 한다고? 동양인인데?"

네미넴이 소파에 두 발을 모두 올리고 무릎을 감싸 안은 후 말했다.

"힙합하는 애 아냐. 그리고 그런 말은 인종 차별이야, 스넵."

스넵 독이 네미넴을 본 후 다시 건을 보고는 어깨를 으쓱하며 말했다.

"아, 그런 뜻은 아니니 오해하지 마. 힙합하는 친구인 줄 알았지."

건이 고개를 저으며 말했다.

"아니에요, 스넵. 괜찮아요."

스넵 독이 선글라스를 내린 채 건을 빤히 보다 소파 뒤를 향해 크게 소리쳤다.

"Hey! Cut The Music, Cut The Music!(어이, 음악 꺼 봐!)

DJ가 음악 볼륨을 최소로 줄이자 스넵 독이 다시 건을 돌아보며 말했다.

"뮤지션은 음악으로 인사해야지. 뭐든 한 곡 해봐. 어때, 괜찮지?"

건이 갑작스러운 스넵 독의 제안에 머뭇거리며 브레와 네미넴을 돌아보았다. 둘은 도와줄 생각이 없는지 싱글싱글 웃고 있었다. 건이 잠시 고민하다 말했다.

"제가 오늘 기타를 가져오지 않았는데, 혹시 클럽에 기타가 있나요?"

스넵이 신난다는 표정으로 고개를 끄덕이며 한쪽을 가리켰다.

"무대는 언제나 준비되어 있지. 저쪽에 있어."

스넵이 가리키는 곳을 보자 DJ 턴테이블 옆에 놓인 팬더 텔레캐스커 기타가 보였다.

건이 무대로 다가가 기타를 체크 후 DJ가 준비해준 마이크 스탠드 앞에 서서 말했다.

"아…… 갑자기 시키셔서 뭘 해야 할지 모르겠네요. 여기서 록 음악을 하면 맞아 죽겠죠? 하하."

클럽에 있던 사람들이 함께 웃음을 터뜨리며 말했다.

"아무거나 해봐!"

"진짜 예쁘게 생겼다, 쟤 누구야?"

"바보야, 케이잖아. 넌 TV도 안 보고 사냐?"

건이 웅성거리는 사람들을 보며 고민하다 문득 소파에 앉아 웃고 있는 브레를 보았다. 잠시 브레를 보던 건이 마이크에 입을 대고 말했다.

"누군가, 음악은 자신이 하고 싶은 말에 진심을 담아 할 때 완성된다고 했었죠. 지금 이 순간 누군가에게 전하고 싶은 말을 노래에 담겠습니다. 'Rob Marley'의 'Ladies, do not cry.'"

건이 기타로 레게풍 리듬을 연주했다. 원곡보다 조금 느린 연주로 감정을 살린 건의 입이 열렸다.

여성들이여, 울지 마라.
우리가 Trenchtown의 정부기관 앞마당에서 그 위선자들을 주시하며 앉았던 때를.
난 기억하기 때문에 또한 좋은 친구들을 잃었었지.
이 위대한 미래 속에서 우린 과거를 잊을 수가 없어.
그러니 나는 눈물을 닦으라고 말하는 것이다.

건은 롭 말리 특유의 목소리나 느낌을 전혀 살리지 않았다. 오히려 훨씬 낮고 진중한 음으로 상처받은 여인의 등을 어루만지듯, 마치 낮게 말하는 것과 같이 노래했다.

여성들이여, 울지 마라.
여성들이여, 울지 마라.
작은 내 누이여, 어떤 눈물도 흘리지 마라.
여성들이여, 울지 마라.

건은 노래하는 내내 브레에게서 눈을 떼지 않았다.

마치 자신의 소리를 들어달라는 듯, 내 말에 귀를 기울이라는 듯.

클럽 안에 있던 사람들도 소파에 앉아 술을 마시던 사람들도 하나둘씩 그것을 느끼기 시작했다. 노래하는 건을 바라보는 브레의 눈이 깊게 가라앉았다.

술을 병째 잡고 마시며 건을 바라보는 선글라스 뒤 스넵 독의 눈이 깊어졌다.

스넵 독이 뒤쪽을 향해 손짓하자, 검은 정장을 입고 선글라스를 쓴 흑인이 다가와 스넵 독의 얼굴 쪽으로 고개를 숙였다.

스넵 독이 무대에서 노래하고 있는 건에게서 눈을 떼지 않은 채 속삭였다.

"케이라는 녀석에 대해 알아봐. 어떤 일을 했는지."

검은 정장의 흑인이 고개를 끄덕이며, 클럽 밖으로 나갔다.

무대 위에서 건이 노래를 마치자 소파에 앉아 있는 래퍼들 외의 사람들이 박수쳐 주며 환호했다.

"와, 목소리 죽인다!"

"꺄악, 역시 케이야!"

"힙합이 아니지만 좋았어! 굿!"

건이 기타를 놓은 후 소파로 돌아와 브레를 보았다.

브레는 술잔을 든 채 바닥을 보며 천천히 술을 마시고 있었고, 네미넴과 파이어 큐브가 브레의 눈치를 보며 말했다.

"멋졌어. 롭 말리 노래가 나올 거라고는 상상도 못 했네."

"그러게 말이야. 미국 흑인 음악이라고 할 수 없지만, 사상가에 가까운 멋진 뮤지션이지."

네미넴이 소파 위에 올려두었던 발을 치우며 건에게 자리를 내주었다. 건이 자리에 앉자 스넵 독이 말했다.

"어이, 케이라고 했지? 이건 내 전화번호야. 연락해."

스넵 독이 건에게 명함을 내밀자 일어서 명함을 받은 건이 말했다.

"아, 감사해요. 그런데 저는 명함이 없어서 어쩌죠?"

스넵 독이 손사래를 치며 말했다.

"지금 전화 한 번 걸어. 저장해 두면 되지."

건이 전화기를 들어 스넵 독의 전화번호를 저장한 후 전화를 걸었다 끊었다.

자신의 전화기에 불이 들어온 것을 확인한 스넵 독이 건의 번호를 저장한 후 말했다.

"자, 이제 즐겨 볼까? 헤이, DJ! 음악 다시 틀어!"

DJ가 턴테이블 옆 앰프를 조절해 다시 사운드를 높이자, 넓은 클럽이 꽉 차는 힙합 비트의 음악이 터져 나왔다.

몸매 좋은 여자들 십여 명이 쟁반에 술과 음식들을 들고 우르르 소파로 몰려들어 소파 사이사이에 자리를 잡자 래퍼들이 그녀들의 어깨를 감싸고 웃으며 술을 마셨다. 건이 자신의 옆에 앉은 붉은 머리의 백인 여성이 팔짱을 끼거나, 가슴을 만지려는 것을 당황한 얼굴로 막자, 스넵이 다가와 술병을 내밀며 말했다.

"그냥 즐겨. 아무 생각 없이."

건이 백인 여성의 공세를 정신없이 막아내며 말했다.

"왜, 왜 이러세요, 하지 마세요. 스넵, 선 아식 술 마시면 안 돼요. 으혁! 거, 거긴!"

스넵이 내민 술병을 거두지 않은 채 말했다.

"술 마시는데 나이가 어디 있어? 여긴 내 클럽이야. 경찰 따윈 오지 않으니 마셔."

파이어 큐브와 네미넴이 장난스러운 얼굴로 달려들어 건의 사지를 잡자, 스넵이 술병을 들며 말했다.

"직접 마실래, 아니면 이 상태로 얼굴에 부어줄까?"

건이 팔다리를 잡힌 채 애처롭게 외쳤다.

"제, 제가 마실게요!"

그날 건은 난생처음 술을 마셨고, 재미있다는 얼굴로 하나둘씩 다가와 어울리는 여러 유명 래퍼들과의 분위기에 취해 건은 결국 호텔까지 파이어 큐브의 등을 빌리게 되었다.

파이어 큐브의 넓은 등은 건이 먹은 음식물들로 범벅이 되었지만.

다음 날 오후 스넵 독의 저택.

말도 안 되게 넓은 거실의 편안해 보이는 거대한 소파에 홀로 앉은 스넵 독에게 검은 정장의 흑인이 다가와 서류를 내밀었다.

서류를 받아 든 스넵 독이 집 안에서도 쓰고 있던 선글라스를 벗으며 말했다.

"팀 커튼의 페르소나? 가위 손 이 영화는 옛날에 개봉했던 영화 아닌가? 아, 리마스터군. 음악 에디터 작업 이후 팀 커튼의 극찬을 받았다라…… 그전에 산타나와 롤라팔루쟈 페스티벌에서 공연하고 난 후 카를로스 산타나의 인터뷰에서 나의 뮤즈라는 호칭으로 불렀다……."

서류의 뒷장을 넘긴 스넵의 눈이 커졌다.

"마릴린 맨슨? 아, 이건 본 기억이 나네. 거기 나온 애가 케이였군. 그 후에…… 레오파드 기타리스트로 미국과 아시아, 유럽에서 투어를 했군. 13년 전 다임 백 대럴의 기타를 완벽하게 재현했다?"

서류의 맨 마지막 장을 본 스넵이 중얼거렸다.

"거기에 음악 천재들이 산다는 줄리어드 재학생이군. 학점은 모조리 A 플러스에 담당 교수뿐 아니라 다른 학과 교수들에게도 엄청난 인정을 받고 있다? 거기에 후견인을 자처하는 사람이 뉴욕 폴리탄 미술관 CEO인 다니엘 웨이스라니. 보통 녀석이 아닌데 이거?"

스넵이 서류를 소파 위에 던져둔 후 생각에 잠겼다. 오랜 시간 생각을 하던 스넵이 뒤쪽으로 손을 내밀자 대기하고 있던 김은 징장의 흑인이 전화기를 내밀었다.

전화를 받아 든 스넵이 어딘가로 전화를 걸었다.

"나다. 잘 들어갔어?"

"어, 스넵. 잘 들어왔지. 지금 에일리랑 데이트 중이다."

"하여간 딸 바보 같은 놈. 너 같은 놈이 네미넴이라니 어이가 없다."

"하하, 나라고 맨날 남 욕만 하는 줄 알아? 에일리는 내 가장 소중한 보물이라고."

"참나, 여하튼. 어제 케이란 녀석 있지?"

"어, 그래 왜?"

"그 녀석 성격 어때?"

"성격? 뭐 순둥이 같던데? 힙합 쪽은 아냐, 그 녀석은 디스전 같은 거 버텨낼 성격은 아니야. 행여나 끌어들일 생각은 하지 마, 괜히 멀쩡한 애 인생 망치지 말고."

"이 자식아, 내가 애 인생은 왜 망쳐? 그런 거 아니다."

"그럼 뭔데? 스타성 있어 보이니 끌어들이려고 하는 거 아냐? 나 걔 마음에 든다, 걔 잘못되면 너 디스하는 곡 써 버릴 거야."

"뭐? 푸하하. 그래 써 봐라. 그대로 되돌려 줄 테니."

"진짜야? 내가 누군지 잊었어?"

"아…… 말실수다. 난 때려죽여도 네놈한테는 디스전 안 걸어."

"하하, 숙취로 머리가 어떻게 되어 버린 줄 알았네, 스넵."

"됐어, 이 자식아. 그런데 케이 말이야. 내가 어제는 걔가 뭘 하는 애인지 몰랐거든. 오늘 알아봤는데 이력이 장난 아니던데?"

"어, 맞아. 나도 브레 만나고 나서 하도 입이 마르게 칭찬하길래 뭔가 하고 찾아봤는데 작살나더라고, 어린 녀석이 말이야."

"음……."

"뭐야? 빨리 말해. 너답지 않게 뭘 더듬거리고 있어? 나 에일리랑 영화 보러 왔다. 빨리 말 안 하면 끊을 거야."

"음…… 너 혹시 브레가 다시 돌아오는 것에 대해 어떻게 생각해?"

"음? 뭘 어떻게 생각해? 나나 너나, 제임스나 전부 다 바라고 있는 건데. 우리가 바란다고 되는 일이야? 커리스 일, 이후로 쓰는 가사가 별로라는 거 너도 알잖아? 억지로 나오게 해봐야

창피만 당해. 그냥 지금처럼 전설로 남아 프로듀싱만 하는 브레도 충분히 멋져."

"어제 케이 그 녀석이 노래할 때 브레만 보고 있던 것 봤지? 나중에 파이어한테 물어봤는데, 그놈이 브레를 자극하려는 것 같아."

"뭐? 자극해서 어쩌게? 브레를 다시 무대로 끌어내려는 거란 말이야?"

"그래, 파이어 말로는 한국을 깐 자기 음악 피쳐링을 해주겠다고 나서면서 이런 말을 했대. '그림자를 두려워하지 말라, 그림자가 있다는 건 어딘가 가까운 곳에 반드시 빛이 있다는 뜻이다'라고 말이야."

"……호오? 펀치 라인 죽이네. 가사로 쓰고 싶을 정도야."

"여하튼 브레한테 들으라는 식으로 말했다나 봐."

"음…… 알았어. 그런데 괜히 되도 않는 자극을 해서 브레를 화나게 하지는 않았으면 좋겠다. 사업하면서 많이 유해지긴 했지만 폭발하면 활화산 같은 양반이니까."

"지금 제임스 어디 있어? 내일쯤 만나서 이야기 좀 하자."

"걔 어제 통화했는데 퀸즈에 있어. 니스랑 할 이야기 있다고 간다던데."

"알았어. 내일 시간 되지? 우리 집으로 와. 제임스도 부를 테니까."

"OK, 영화 시작한다고 에일리가 난리다. 끊는다."

스넵이 전화를 끊은 후 어딘가로 다시 전화를 걸었다.

"헤이, 제임스! 나야. 다른 게 아니고……"

한참 동안 여러 통의 전화를 건 스넵이 전화기를 던져놓은 후 소파에 양팔을 걸치고 한숨을 내쉬었다.

'케이. 뭘 어쩌든 내가 도와주지. 널 돕는 것이 아니라 브레를 돕는 것이지만.'

건이 숙취로 호텔 화장실을 들락거리는 동안 스넵 독의 연락을 받고 캘리포니아 주에 넓게 퍼져 있던 유명 래퍼들이 콤프턴으로 모여들고 있었다.

건이 저녁 시간을 약간 넘긴 후 초췌한 얼굴로 작업실의 문을 열었다. 작업실 안에 앉아 작업에 몰두하던 파이어 큐브가 헤드폰을 벗으며 웃었다.

"괜찮아? 얼굴 봐라, 아주 죽어가는구나. 하하하!"

건이 허리를 숙인 채 겨우겨우 소파에 몸을 눕혔다.

"어우, 종일 토했어요. 진짜 이런 걸 왜 먹는지."

파이어 큐브가 자리에 앉은 채 회전 의자를 건 쪽으로 돌리며 말했다.

"어젠 잘만 받아 마시더니, 무슨. 중간 이후부터는 누가 먹으라고 안 해도 혼자 마시더니."

"분명히 중간까지는 술이 달짝지근하고 엄청 즐거웠는데, 깨고 나니 죽을 것 같아요! 으웩!"

파이어 큐브가 혼자서 헛구역질하는 건을 보며 헤드폰을 다시 썼다.

"좀 쉬고 있으라고. 한숨 더 자던가. 난 작업 좀 해야 하니까."

건이 소파에 누운 채 잠시 눈을 감았다가 잠에 빠져들었다. 두 시간가량이 지나고 건이 들려오는 음악 소리에 눈을 뜨고 고개를 들자, 부산하게 앰프를 조절하는 브레와 파이어 큐브의 뒷모습이 들어왔다.

"어음. 브레. 나오셨어요?"

브레가 건을 돌아보며 웃었다.

"그래. 좀 나아졌어?"

건이 소파에서 몸을 일으킨 후 산발이 된 머리를 매만지며 말했다.

"네, 밤 되니까 좀 살 것 같네요. 좀 전까지 돌아가신 중조할머니 얼굴이 보였는데."

"하하, 그래도 술 처음 마시는 녀석치고는 잘 마시더라. 다음에 또 한잔하자고."

"아하하, 당분간 사절입니다. 그런데 뭘 그렇게 바쁘게 하고 계세요?"

파이어 큐브가 헤드폰을 던지며 자리에서 벌떡 일어나며 주 먹을 불끈 쥐었다.

"끝이다! 시간 내에 끝냈어!"

갑자기 자리에서 일어나 소리를 지르는 파이어 큐브를 본 건 이 고개를 갸웃하며 물었다.

"뭘 끝냈는데요? 무슨 일 있어요?"

파이어 큐브가 허공에 손사래를 치며 전화기를 귀에 댄 채 작업실 문을 열고 뛰어나가자 건이 브레를 쳐다보았다. 브레가 파이어 큐브의 뒷모습을 보며 웃는 낯으로 말했다.

"저 녀석. 원래 내일 한 곡짜리 디지털 싱글 나갈 노래가 있 었는데. 네가 준 곡으로 바꾸겠다고 오늘까지 곡 넘기겠다고 했거든."

건이 자리에서 벌떡 일어나며 놀란 눈으로 말했다.

"예? Dog Poop 말씀이세요?"

"아니, 제목 바꿨어. 그런 제목으로 어떻게 싱글을 내냐? 'Dear Buck wilds(막장 인생 사는 놈들에게)'라고 바꾸고 지금 담 당자한테 메일로 파일 보냈대. 내일 오전 11시에 음원을 공개 할 예정이고."

"아니 무슨 곡을 번갯불에 콩 구워 먹듯 며칠 만에 뚝딱 올려요?"

"뭐? 무슨 불에 뭘 구워 먹어?"

"아, 죄송해요. 한국 속담이라. 여하튼 너무 빠르게 가는 거 아니에요?"

"한 곡이라 괜찮아. 마스터링도 방금 끝냈고. 최종 퀄리티 작업은 내가 했으니 걱정 말고."

"브레 이름으로 올린 것 맞죠?"

"그래, 그런데 featuring(피처링)에 네 이름은 들어갈 거야. 어제 네가 허락했으니까."

"아 그건 상관없어요."

브레가 손에 들고 있던 펜을 테이블 위에 놓고 말했다.

"자, 그럼 작업도 끝났으니 또 한잔하러 갈까?"

건의 표정이 전쟁터에 처음 나가 살려달라는 눈빛을 보내는 이등병의 그것과 같이 변했다.

다음 날 오전 11시.

사전 마케팅을 하지 않은 곡으로는 빌보드에 즉각적인 반응이 나오지 않는다는 것을 들은 건이 곡이 잘 올라간 것을 확인하고 파이어 큐브와 점심을 함께 먹었다.

점심을 먹은 후 한시까지 작업실에서 뒹굴거리던 건에게 전화가 걸려왔다. 건이 소파에 누운 채 진동이 울리는 핸드폰을 꺼내 소파 위에서 바로 앉은 후 전화를 받았다.

"아, 스냅? 케이예요."

"아, 그래. 지금 뭐 해?"

"네? 그냥 작업실에서 놀고 있어요."

"할 일 없지? 차 보냈으니까 잠깐 내 집으로 와줘."

"지금요? 언제 차가 오는데요?"

"지금쯤 도착했을 테니 나가 봐."

"아 네. 그런데 무슨 일이신지……."

"오면 말해줄게."

전화를 끊은 건이 하쿠를 둘러매고 밖으로 나가자 하얀색 롤스로이스 팬텀이 가게 앞에 대기 중이었다.

흑인 운전사의 안내를 받고 차에 올라탄 건이 곧 스냅 독의 대저택 앞에 도착했다.

문의 정문 앞에서 컨트롤러로 문을 열고도 한참이나 넓디넓은 잔디밭을 지나 집 앞에 내린 건이 엄청난 규모의 저택에 놀라며 주위를 두리번거렸다.

'대박이다. 이게 말로만 듣던 음악 부자들의 삶인가?'

집 앞에 서서 집의 외관을 구경하고 있던 건에게 운전기사가 다가와 집 안으로 안내했다.

집 내부는 외관은 상대도 안 될 만큼 화려한 장식으로 가득했다. 다른 것이 있다면 중세 유럽풍으로 디자인된 외관과 달리 내부는 상당히 미래적이고 깔끔한 느낌의 인테리라는 것이었다.

건이 하쿠를 둘러매고 운전기사의 안내에 따라 3층으로 올라갔다. 운전기사는 거대한 문 앞을 가리키며 말했다.

"여기서부터는 혼자 들어가셔야 합니다. 제게 허락된 공간이 아니니까요."

건이 운전기사에게 고개를 까딱하며 고마움을 표한 후 거대한 문을 열었다. 문은 그 크기에 어울리지 않게 매우 부드럽게 열렸고 웬만한 집 한 채 크기의 거대한 방의 전경이 눈에 들어왔다.

방은 회의실로 쓰이는 방인지 50명은 거뜬히 앉을 수 있을 만한 긴 테이블이 있었고, 테이블 군데군데 편안해 보이는 의자들이 있었다.

건이 긴 테이블 끝으로 시선을 돌리자, 가장 안쪽 맞은편에 스넵이 앉아 있는 것이 보였고, 양쪽에 네미넴을 비롯한 여러 래퍼가 앉아 있었다.

"어 왔어? 이쪽이야."

스냅이 손을 들며 건을 반겨주었다. 건이 무섭게 생긴 흑인들의 눈치를 슬쩍 보다가 대부분이 클럽에서 만난 적이 있는 사람들인 것을 확인하고 살짝 미소를 지었다.

"안녕하세요, 케이입니다."

대부분 팔짱을 낀 채 고개를 까딱하며 폼을 잡는 래퍼들이었다. 건이 어정쩡한 자세로 스냅 쪽으로 다가오자, 옆자리를 내어준 스냅이 말했다.

"여기 있는 놈들한테 다 인사하려면 밤새야 하니까, 그건 나중에 하고 바로 본론으로 들어가지."

건이 소파에 앉자 스냅이 말을 이었다.

"여기 모인 래퍼들은 모두 닥터 브레에게 은혜를 입은 놈들이야. 그냥 그를 존경하는 놈도 와 있지만."

스냅이 손가락으로 테이블을 톡톡치며 말을 이었다.

"파이어에게 들었어. 너 브레를 다시 끌어내고 싶지?"

건이 화들짝 놀라며 래퍼들을 돌아본 후 스냅에게 말했다.

"어…… 사실은 끌어내고 싶다기보다는 그를 막고 있는 슬픔을 해결해 주고 싶었어요."

스냅이 박수를 한 번 치며 말했다.

"그 말이 그 말이지. 결국, 커리스 일로 제대로 곡을 못 만들고 있는 브레를 치유해 주고, 다시 음악을 하게 만들고 싶다는 거 아냐?"

스넵의 직설적인 물음에 건이 조심스럽게 고개를 끄덕이자, 스넵이 말했다.

"우리와 목적이 같으니, 우리는 같은 편이라고 볼 수 있지. 이 자리는 어떻게 브레를 다시 힙합씬으로 끌어올지를 상의하는 자리야."

건이 놀란 눈으로 새삼스럽게 래퍼들을 돌아보았다. 건의 옆자리에 앉아 있던 네미넴이 말했다.

"방법이 문제야. 그냥 앨범 내게 하자는 것이 아니잖아? 죽은 아들의 이야기를 하게 만들어야 하는데, 브레 스스로 약물 중독으로 죽은 아들을 그리워하는 음악이 대중에게 거부감이 들 거라고 생각하니까."

네미넴 옆에 앉은 엄청나게 무섭게 생긴 흑인이 고릴라 같은 입술을 움직이며 굵은 목소리로 말했다.

"브레는 사업을 시작하고 난 후 소심해졌어. 예전 같으면 뭔 소리를 듣던 하고 싶은 소리를 할 텐데 말이야."

파이어 큐브가 테이블을 살짝 치며 말했다.

"제임스, 삼촌 말 한마디에 파인애플 주가가 얼마나 달라지는지 몰라? 말 몇 마디로 수십만 달러를 날릴 수도 있는데, 조심하는 게 당연하지."

파이어 큐브의 옆에 앉은 날렵해 보이는 인상의 흑인이 삐딱하게 쓴 모자를 고쳐 쓰며 말했다.

"맞아. 브레의 이미지에 영향을 주지 않는 선에서 커리스의 일을 말하게 만들어야 해."

스넵이 이야기를 나누고 있는 래퍼들을 가리키며 건에게 속삭였다.

"저 고릴라 같은 놈이 제임스고, 50 USD라고 불리지. 저기 저 험악하게 생긴 놈이 마스터 P이고."

건은 스넵의 입에서 나오는 기라성 같은 래퍼들의 이름을 들으며 그들과 같은 공간에 있다는 것이 그저 신기하고 놀라웠다.

래퍼들이 나누는 이야기는 점점 과열되었고, 언성이 높아졌다. 누군가가 의견을 냈을 때 구멍이 있거나 수위가 강해서 브레의 이미지에 타격이 갈 경우에 대해 이야기가 끊이지 않고 이어졌다.

결국, 장시간 이어진 회의에 모두가 지치자 스넵이 말했다.

"30분만 쉬었다가 하자고."

래퍼들이 담배를 피우기 위해 자리에서 일어나자 스넵이 건에게 말했다.

"너도 의견 내도 괜찮아. 그러라고 부른 거니까. 나도 담배 하나 피우고 올 테니 생각해 봐."

건이 고개를 끄덕이고 래퍼들이 모두 밖으로 나가기를 기다렸다가 전화기를 들어 어디론가 전화를 걸었다.

"아, 손린 이사님? 케이예요. 잘 지내시죠? 다름이 아니라······."

♪♪

약 40분이 지나서야 하나둘씩 회의실로 돌아온 래퍼들이 자리에 앉았다.

마지막으로 들어온 스넵이 자리에 앉자마자 건에게 말했다.

"자, 한마디도 안 했던 케이. 네 의견도 한번 들어 보자."

건이 잠시 숨을 고른 후 자리에서 일어났다.

"먼저, 이것은 제 의견은 아니라는 것을 밝히겠습니다. 레오파드 공연의 디렉터를 맡아주신 팡타지오의 손린 이사님과 통화 후 얻은 의견이라는 점을 전제로 말씀드릴게요."

래퍼들은 록 음악에 별 관심이 없었기에 손린이 누군지 몰랐다. 단지 어깨를 으쓱하며 말해보라는 제스처를 취할 뿐이었다.

그런 래퍼들을 돌아보며 말했다.

"미국에서는 자주 있었던 일인데, 한국에서는 짧은 시기 동안 '컨트롤 디스전'이라는 일로 큰 화제를 만든 적이 있었어요. 미국의 디스전과는 조금 다르게 하나의 비트로 여러 래퍼들이 다른 가사로 랩을 만들었던 거죠."

마스터 P가 의아한 눈으로 물었다.

"하나의 비트? 한 곡의 음악을 말하는 거야? 그러면 저작권에 문제가 있지 않아?"

건이 고개를 저으며 말했다.

"하나의 음악을 무료 음원으로 풀어버리는 거예요. 그 음원을 자유롭게 받아 래퍼들이 자기만의 가사로 랩을 만들어 발표하면, 그건 그의 음악이 되는 거죠. 저작권 역시 그 래퍼에게 가게 됩니다. 음원 자체가 무료니까요."

네미넴이 살짝 웃으며 말했다.

"오! 그거 재미있겠는데? 한국에서 있었던 일이라고?"

건이 고개를 끄덕이며 말을 이었다.

"네 맞아요. 그때는 서로를 디스하는 내용이었지만, 이번에는 브레에게 돌아오라는 메시지를 던지는 랩으로 여기 계신 래퍼분들이 음원을 발표해 주시면 되요. 그게 화제가 되면 여기 계시는 분들 외에 다른 래퍼들도 참가하게 될 것입니다."

50 USD가 손뼉을 치며 벌떡 일어났다.

"오! 좋은 생각인데 그거? 완전 재미있겠다!"

"휘익! 생각해 보니 재미있겠는데? 같은 비트면 서로 경쟁도 될 거고 말이야."

래퍼들의 반응이 좋자, 스넵이 물었다.

"그런데 비트는 누가 만들지? 한국에서는 누가 만들었어?"

건이 팔짱을 끼고 말했다.

"한국에 '스윙즈'라는 래퍼가 처음 시작하기는 했지만 비트는 빅션의 'Control'을 사용했었어요. 아시죠? 파이어의 친구분인 켄드락이 시작한 디스전이었죠."

건의 이야기를 듣던 파이어 큐브가 말했다.

"알지. 켄드락은 그저 '너희도 랩 잘하지만 내가 더 잘해' 정도로 도발했지만, 생각보다 일이 커져서 산불처럼 번져 버린 사건이었지만. 그런데 빅션의 비트를 사용했다면 한국에서의 저작권은 어떻게 된 거야? 설마 중국처럼 저작권 따위 상관없고 돈을 벌어들인 거야?"

건이 고개를 저으며 말했다.

"아니에요. 모두 무료 음원으로 공개되었어요. 우리는 음원 자체를 무료로 풀어버리고, 그 음원을 사용해서 랩을 하는 래퍼들에게 저작권을 넘겨주는 방법으로 더 많은 래퍼의 참여를 이끌어내는 방식으로 진행했으면 해요. 음원은 제가 만들겠습니다."

스넵이 눈썹을 꿈틀하며 말했다.

"네가? 음…… 그래 너라면 가능할 것 같긴 하군. 그런데 래퍼들이 우리 의도대로 안 움직이면 어쩌지?"

건이 일리가 있다는 듯 고개를 깊게 끄덕이며 말했다.

"그래서 여러분이 필요한 거예요. 무료 음원으로 등록하는 즉시 여기 계신 여러분이 일제히 그 음원에 랩을 입혀서 발표해 주셔야 해요. 반드시 '커리스'나, '죽은 아들', 혹은 '브레'에 대한 이야기가 들어간 가사로요. 그걸 들은 래퍼들 역시 비슷한 음악을 만들어 화제에 참여하려 하겠죠."

네미넴이 고개를 끄덕였다.

"물타기? 여론몰이가 아니라 래퍼들 몰이를 한다? 크큭 재미있겠는데?"

마스터 P와 50 USD, 파이어 큐브 역시 모두 고개를 끄덕이자 스넵이 말했다.

"좋아. 음원은 케이에게 맡기지. 우리한테는 미리 음원을 주는 거지? 작업 시간은 필요하니까 말이야. 단, 모두에게 같은 시간에 줘야 해. 우리끼리도 일종의 경쟁이니까."

건이 웃으며 고개를 끄덕이자 네미넴이 가장 먼저 자리에서 일어나며 말했다.

"좋아, 기다리지. 재미있을 것 같아서 벌써 몸이 근질거리네. 미리 가사 아이디어 좀 생각해 봐야겠어."

그를 본 50 USD가 웃으며 함께 일어섰다.

"기대하라고. 제대로 발라줄 테니까."

"너나 기대해라 이 자식아."

"이번엔 안 져! 내가 최고란 걸 알려주겠어."

"최고는 개뿔."

래퍼들이 장난을 치며 밖으로 나가고 회의실에는 건과 스넵만이 남았다. 스넵이 건을 보며 물었다.

"좋은 아이디어네. 팡타지오의 손린? 나중에 나도 자리 한 번 만들어 줘. 자, 너도 가봐. 음원 빨리 만들어서 보내주고."

건이 고개를 끄덕이며 자리에서 일어섰다. 호텔까지 데려다주겠다는 스넵의 제안을 거절한 건이 즉시 브레의 작업실로 향했다. 아무도 없는 작업실의 PC에 CuBase 프로그램을 실행한 건의 눈이 빛났다.

'반드시 브레를 막고 있는 것을 치워낸다.'

◈ **4장** ◈

Break the wall

건이 CuBase 프로그램으로 먼저 드럼 비트를 찍었다. 전자음으로 베이스 음을 찍던 건이 갑자기 키보드에서 손을 떼고는 턱을 괴고 생각했다.

'평범한 비트라도 엄청난 명성을 가진 래퍼들의 가사가 얹혀지면 화제가 될 거야. 그런데 그런 평범한 비트로 브레의 마음을 움직일 수 있을까?'

건이 오랜 시간 고민하다 옆에 놓아둔 하쿠를 보았다. 하쿠의 하드케이스를 열고 아름다운 바디를 만지며 골똘히 생각에 잠겼다.

그러다 갑자기 눈을 크게 뜨고는 하쿠를 놓고 황급히 핸드폰으로 스트리밍 음원 사이트에 접속했다.

'한국의 음악 천재, 서태지가 썼던 방법. 힙합 음악에 록 음악을 접목했던 그 방법. 그거다! 현재의 내가 가장 잘할 방법은 그것뿐이야.'

건이 '서태지와 아이들'의 음악 중 '슬픈 아픔'과 '1996 그들이 지구를 지배했을 때'를 듣고 이어폰을 귀에서 빼며 생각했다.

'이거다!'

건이 전화기를 들어 어디론가 전화했다.

"비니? 저 케이예요. 지금 바빠요?"

-아니, 무슨 일 있어?

"아, 혹시 렉스는 지금 뭐 해요?"

-옆에 있지.

"잘됐네요. 잠깐 손 좀 빌려주시면 안 될까요?"

-당연히 도와줄 수 있지. 어딘데?

"네 여기 콤프턴이에요."

-세 시간만 기다려 바로 갈게.

"세 시간요? 네, 좋아요, 기다릴게요. 감사해요, 비니."

전화를 끊은 건의 눈이 번쩍 빛났다. 건이 CuBase 프로그램을 꺼 버린 후 수첩을 꺼내 오선지를 그리기 시작했다.

혼자 있는 작업실에 연필 소리만이 사각사각 울려 퍼졌다.

삼 일 후 자신의 집 정원에 앉아 음악을 듣고 있던 네미넴의 핸드폰이 진동했다. 이어폰을 낀 채 액정을 본 네미넴의 눈에 건이 보낸 문자가 들어왔다.

-케이입니다. 음원 작업이 끝나서 문자 드려요. 첨부된 파일을 확인하시고 각자 작업을 진행해 주세요. 작업 기간은 일주일입니다. 정확히 8일 후 오후 1시에 일제히 디지털 싱글로 발표해 주세요. 같은 시간에 이 음원은 무료로 등록해 두겠습니다.

문자를 본 네미넴이 피식 웃으며 첨부파일을 다운로드하고 재생했다.

'응? 기타 소리? 록인가?'

눈을 동그랗게 뜨고 의아한 표정으로 액정을 들여다 보니 재생 중인 파일의 이름이 눈에 들어왔다.

Break the wall(벽을 부숴라).

음악에 신경을 집중하던 네미넴의 입꼬리가 올라갔다. 약 3분이 조금 넘는 음악을 모두 들은 네미넴이 자리에서 벌떡 일어났다.

"푸하하! 멋진데? 재미있겠다! 신난다!"

어린아이처럼 양손을 휘저으며 자신의 작업실로 달려가는 네미넴이었다. 그리고 그것은 같은 시간 문자를 받은 다른 래퍼들도 마찬가지였다.

그 시각 건이 자신의 호텔을 찾아온 파이어 큐브와 함께 1층의 로비에서 이야기를 나누고 있었다.

파이어 큐브가 신이 난 표정을 말했다.

"이거 봐봐, 케이. 네가 준 음악, 벌써 힙합 차트 3위까지 올라왔어."

건이 파이어 큐브가 스마트폰으로 보여주는 차트를 본 후 웃음을 짓자 파이어 큐브가 말을 이었다.

"오랜만에 평론가 놈들도 극찬하는 싱글이 나왔어. 네 덕이다. 그런데 예상외로 한국 쪽에서 반응이 없네?"

건이 고개를 끄덕이며 말했다.

"한국 팬들도 예전과 다르게 수준이 많이 올라왔어요. SNS로 자신의 생각을 말하는 사람이 늘어서 언론에 쉽게 휘둘리지도 않고요. 또 파이어의 사건은 오랜 전 일이잖아요."

파이어 큐브가 괜한 걱정을 했다는 듯 전화기를 주머니에 넣으며 말했다.

"그것도 모르고 괜히 소심해져 있었네. 여하튼 덕분에 좋은 커리어를 얻었어. 네 술은 평생 내가 사지."

건이 손사래를 치며 말했다.

"술은 이제 사양이에요, 파이어."

파이어 큐브가 크게 웃으며 말했다.

"크하핫, 술이란 건 먹으면 먹을수록 늘어. 괴롭고 싶지 않으면 더 마시면 돼, 익숙해질 때까지."

건이 어깨를 으쓱하며 마주 웃었다.

"별로 익숙해지고 싶은 마음이 안 드네요, 하하. 그나저나 보내드린 음원은 들어 보셨어요?"

파이어 큐브가 팔짱을 끼고 크게 고개를 끄덕였다.

"당연하지! 최고더라. 근데 중간에 노래는 네가 부른 거지? 이번에도 죽이더라. 아 참! 너 내 노래 나간 뒤에 나오는 기사들은 보고 있나?"

건이 고개를 저으며 말했다.

"무슨 기사요? 레오파드 쪽 기사는 다 봤는데."

파이어 큐브가 한숨을 쉬며 고개를 저은 후 다시 핸드폰을 꺼내 기사를 보여주었다.

〈음악 천재 케이. 이번엔 힙합?〉

음악 천재로 알려진 케이가 영화음악과 록에 이어 힙합에도 참가해 화제이다. 피처링 수준이기에 큰 화제는 만들지 못했지만, Fire cube(파이어 큐브)가 최근에 발표한 디지털 싱글 'Dear Buck wilds'에 피처링 보컬을 맡아 그의 싱글을 단시간 내에 힙합 차트 5위권으로 진입시키는 데 큰 공헌을 하였다.

케이를 페르소나로 지목했던 팀 커튼은 이 소식을 들은 후 놀라움을 표했고, '그가 너무 큰 거물이 되기 전에 반드시 내 영화에 출연시킬 것'이라는 멘트로 화제가 되었다.

멕시코에서 이 소식을 들은 그룹 '산타나'의 리더 카를로스 산타나는 이 소식에 '불세출의 음악 천재의 안전하지 않은 날갯짓'이라는 표현을 썼다. 아직 완전히 날아오르기 전 준비를 하는 단계를 뜻하는 것으로 유추된다.

아울러 소식통에 따르면 현재 파이어 큐브와 작업 중인 케이의 작업실에 레오파드의 멤버 '비니 폴'과 '렉스 브라운'이 출입하고 있다는 소식이 있다. 이에, 록 팬들은 레오파드의 전설을 다시 일으켜 세운 케이의 행보에 주목하고 있다.

CNN. 마리체 쉐인.

〈무단전제 및 재배포 금지〉

기사를 본 건이 약간 오글거린다는 듯 자신의 팔을 쓸며 말했다.

"완전 얼굴에 금칠을 해주네요. 해 달라고도 안 했는데. 으으, 오글거려."

파이어 큐브가 이상한 표정으로 웃으며 말했다.

"띄워줘도 싫다는 놈은 너뿐일 거다, 으하하."

건이 고개를 저으며 말했다.

"어차피 기사는 신경 안 써요. 당장 인기를 얻고 싶은 마음도 없고요. 그보다는 'Break the wall'에 신경을 써 주세요. 파이어가 좋아하는 브레가 다시 돌아오는 것이 가장 중요하니까."

파이어 큐브가 진중해진 표정으로 고개를 끄덕이다 문득 무언가가 생각난 듯 물었다.

"아, 이건 다른 이야기인데 말이야. 내가 너 지금까지 해온 일에 대해 좀 알아봤거든? 근데 좀 이상한 게, 넌 왜 남의 노래를 해? 팀 커튼 감독의 일을 하고 나서 네 음악을 만들었잖아? 가사 없는 허밍 송이긴 해도 말이야. 산타나도 그렇고 레오파드도 그렇고 원래 있는 노래를 복원하고 다니는 이유가 뭐야? 그 실력이면 네 음악을 만들어도 충분할 텐데. 이번 일도 그래, 너도 네가 만든 음원인데 참가하지 않잖아. 다른 래퍼들만 좋은 일 시키고 말이야. 넌 한 푼도 안 남는 일인데 왜 그러는 거야?"

엄청나게 긴 질문을 속사포처럼 내뱉는 파이어 큐브에게 건이 웃으며 대답했다.

"전 아직 준비되지 않았어요. 그저 그런 실력으로 반짝 빛나다 사라지는 사람이 되고 싶지는 않거든요. 남에 노래를 왜 하냐고요? 지금은 누군가가 남겨둔 발자국을 통해 배우고 있는 단계에요. 이 발자국들은 눈이 오고 비가 와도 원래의 아름다움을 잃지 않는 최고의 선생님들이거든요."

건이 잠시 숨을 고른 후 다시 말을 이었다.

"왜 돈도 되지 않는 일을 하냐는 질문에는 아주 어릴 때 삼촌이 억지로 보게 했던 책의 내용을 인용해야 할 것 같아요. '다른 누군가를 위한 작은 배려와 생각들이 모든 것을 달라지게 만들 거야'라고요."

파이어 큐브가 조용히 고개를 끄덕이며 낮게 말했다.

"좋은 삼촌이었구나. 현명한 어른이기도 하고."

건이 웃으며 고개를 끄덕이며 말을 이었다.

"저는 돈이란 것에 완전히 자유로울 수는 없겠지만, 최선을 다해 외면하며 살고 싶어요. 어릴 때 어떤 책을 봤는데, 이런 이야기가 있었어요. 아주 늙은 할아버지가 자신을 찾아온 손자에게 해줬던 이야기인데."

만약 어른들에게 '창가에는 예쁜 꽃이 피어 있고, 지붕에는 하얀 새가 놀고 있는 아름다운 붉은 벽돌집을 보았어요'라고 말하면 그들은 그 집에 관심을 가지지 않아. 하지만 그들에게 '몇백만 달러짜리 집을 보았어요'라고 말하면 참 좋은 집이구나 하고 감탄하지.

"이런 구절이었어요."

파이어 큐브가 감탄하며 고개를 끄덕였다.

"오, 죽이는데? 랩으로 써도 되겠어."

건이 검지를 치켜들며 까딱였다.

"그러지 마세요. 탈무드에 나오는 구절이라 고소당하실 일은 없겠지만. 하하, 어쨌든 음악을 하는 한, 전 집의 가격보다는 집 자체와 그를 감싸고 있는 풍경과 분위기에 대해 감탄하고 감명받으며 살고 싶어요."

파이어 큐브가 팔짱을 낀 채 말했다.

"음. 네 입장에서 보면 우리 래퍼들이 돈 자랑하는 가사를 써대는 게 한심해 보일 수도 있겠네. 사실은 나도 슬슬 질려가고 있긴 하지."

건이 고개를 저으며 말했다.

"힙합이라는 장르는 자신이 하고 싶은 말을 내뱉는 장르라고 알고 있어요. 그런 의미에서 보면 억압받고 가난하게 살던 래퍼들이 돈을 벌기 위해 최선을 다하는 삶을 살고, 목적을 이룬 후 성공을 노래하는 것이니 그것은 그 나름대로 멋진 예술이에요. 전 그렇게 생각해요, 파이어."

파이어 큐브가 이를 드러내며 웃은 후 주먹을 내밀었다.

"넌 네미넴처럼 피부색이 다른 흑인이구나."

건과 주먹을 부딪친 파이어 큐브가 자리에서 일어나며 말했다.

"좋아. 시간이 얼마 없으니 이제 일어나야겠다. 아직 가사도 못 써났거든. 그만 가볼게."

건이 파이어 큐브를 돌려보낸 후 호텔 방으로 올라와 창가에 앉았다. 창밖으로 오후의 한적한 콤프턴 시내가 한눈에 보였다. 건은 드문드문 보이는 사람들을 보며 오랜만에 조용하고 한적한 시간을 만끽했다.

정확히 8일 후 오후 1시 정각.

음악을 즐겨 듣는 사람 중 스트리밍 서비스를 이용하는 모든 사람의 액정에 같은 제목의 노래가 신작으로 등록되었다는 알림이 울렸다.

좋아하는 뮤지션을 팔로우할 경우 앱(App)에서 알림을 주기에 순간적으로 많은 사람들의 관심을 받았다. 하지만 스트리밍 서비스를 켠 많은 힙합 팬들은 액정에 나오는 노래 목록을 보고 고개를 갸웃거려야 했다.

Break the wall. feat. Sneep Dogg
Break the wall. feat. Neminem

Break the wall. feat. 50 USD

Break the wall. feat. Fire cube

Break the wall. feat. Nester P

Break the wall. feat. Dogg Pound

Break the wall. feat. Warren G

같은 제목으로 등록된 일곱 개의 곡이 아메리카 대륙을 강타할 거대한 지진, 해일의 시작을 알렸다.

캘리포니아 주 카슨 링컨 메모리얼 파크(Lincoln Memorial Park).

검은 선글라스를 쓰고 하얀 셔츠를 입은 브레가 한 묘비를 내려다보고 있었다. 한참 아무 말 없이 묘비에 새겨진 글을 내려다보고 있던 브레가 바닥에 한쪽 무릎을 꿇고 앉아 가져온 흰 국화를 묘비 위에 올려두었다. 꽃은 아무 장식 없이 몇 송이를 검은 실로 묶은 소박한 것이었다.

묘비를 내려다보던 브레가 선글라스를 벗고 나직하게 혼잣말을 내뱉었다.

"거기는 춥지? 커리스, 아빠 왔다."

묘비에 새겨진 커리스 영의 이름을 매만지며 브레가 말을 이었다.

"네가 떠난 지도 9년이 지났구나. 너와 함께한 6년의 시간이 나에게는 가장 행복한 순간이었다."

브레가 잔디밭 위에 완전히 주저앉으며 가져온 보스턴 백에서 술병을 꺼냈다.

"너를 처음 만난 날. 네 얼굴을 보고 한참이나 아무 말 하지 못했었지. 넌 몰랐겠지만 난 네가 커가는 모습을 보고 있었단다. 어릴 때 동네에서 농구하는 모습을 보고 난 네가 농구 선수가 될 거라고 생각했었는데 말이야. 또 네가 야구를 하고 있을 때는 야구 선수가 될지도 모른다고 생각했었지."

잠시 말을 멈춘 브레가 물기 섞인 목소리로 다시 이야기하기 시작했다.

"하이 스쿨에서 퇴학당했다는 말을 듣고 네가 있는 곳을 찾아갔더니, 마트에서 일하고 있더구나. 마트 관리자인 백인 놈에게 구박을 당하고 있는 네 모습을 몰래 훔쳐보며 참 많이도 울었었다."

브레가 술병의 뚜껑을 열어 묘비 주위에 조금씩 뿌렸다.

"이 술. 좋아했었지? 한잔하자, 아빠랑."

브레가 술 한 병을 모두 묘비에 뿌린 후 묘비 옆에 엉덩이를 붙이고 무릎을 세워 손으로 끌어안은 채 묘비가 있는 언덕 아래로 보이는 풍경을 아련한 눈으로 보며 말했다.

"보고 싶다, 아들아. 너도 내가 보고 싶을까? 평생 못한 아버지 역할을 해보려고 최선을 다했는데 말이야. 죽어서도 날 보고 싶어 하기를 바라기엔 우리가 함께한 시간이 너무 짧았을지도 모르겠구나. 그래도 아빠는 네가 많이 보고 싶다."

무릎을 끌어안은 브레가 무릎 사이로 고개를 묻었다.

"네가 떠난 후에 사람들이 비난했었지. 나는 내 아들의 죽음을 슬퍼하는 티도 내지 못했어. 이미 데뷔를 한 래퍼가 마약 중독으로 죽었으니, 사람들은 손가락질하기 바빴고, 내게는 너의 죽음을 슬퍼하지 말라고 강요하더구나."

브레는 울컥하는 무언가로 잠시 말문이 막혔다.

"그 후, 나는 네 이야기를 음악에 담고 싶었다. 하늘에 있는 네게 들릴까 싶어 수없이 많은 가사를 써 뒀지. 하지만 아들아. 세상은 그리 녹록하지 않더구나. 너의 이야기를 음악으로 만든다는 소식을 들은 투자자들이 날 가만두지 않았거든. 약물 중독으로 죽은 아들은 그리워해서도, 넋을 기려서도 안 되는 거라고 하더구나. 그러한 것이 사회적으로 좋지 않은 시선을 받게 되고, 그것이 주가에 영향을 준다는 거였지. 돈밖에 모르는 쓰레기 자식들."

냉정한 사업가들에게 욕설을 내뱉은 브레가 고개를 돌려 묘비를 내려다보며 말했다.

"그런데, 이 아비도 그런 쓰레기였나 보다. 주가가 내려가는 것이 겁나더구나. 결국, 너에 대한 노래는 하지 못했다. 아직까지 말이야. 나도 내가 싫어하는 놈들처럼 세상 무엇보다 돈의 가치를 우선으로 두는 쓰레기였어."

브레가 스마트폰을 꺼내 파이어 큐브의 'Dear Buck wilds' 파일을 재생시키자, 스마트폰을 타고 힙합 비트가 흘러나왔다. 브레가 스마트폰을 묘비 옆에 올려두며 말했다.

"삼촌은 오늘 못 왔어. 지금 좀 바쁘거든. 지금 이 노래가 네 삼촌이 발표한 곡이냐. 어때, 좋지? 네가 있었다면 네게 피처링을 맡겼을 거라더라. 파이어도 널 무척이나 좋아했으니까."

브레가 한 손을 뻗어 묘비를 쓰다듬으며 말을 이었다.

"'Dear Buck wilds'는 내가 만들었지만, 또한 내가 만든 게 아니기도 해. 넌 모르겠지만 케이라는 유명한 아이가 있거든, 그 아이가 편곡을 맡았어. 내 입으로 말하긴 뭐하지만 내가 만들어둔 곡은 개똥 같은 곡이었거든. 실패작을 모아둔 폴더를 본 그 아이가 만지고 난 후 개똥이 금으로 바뀌었지만."

브레가 약간 고민스러운 표정으로 묘비를 보며 말했다.

"그 아이는 천재가 분명해. 그런데 말이야, 커리스. 그 아이가 날 자극하고 있어. 네 이야기를 하라고 말이야. 다시 일어서라고 말이야. 너도 알지? 내가 얼마나 네 이야기를 하고 싶어 하는지."

브레가 앉은 채 팔짱을 끼며 말을 이었다.

"주가 때문에 어차피 꿈도 못 꿀 일이야. 그래서 계속 무시했지. 그런데 말이야. 얼마 전 너도 좋아했던 스냅이 연 파티에서 그 아이가 내게 메시지를 전했어. 울지 말라고 말이야. 과거를 잊지 말고 눈물은 닦으라고 말이야. 그 노래를 들으며 그 아이의 얼굴과 커리스 네 얼굴이 겹쳐지더라."

브레가 한숨을 푹 쉬며 말했다.

"그 아이에게서 네 모습을 보았어. 어쩌면 커리스 네가 그 아이를 빌어 내 앞에 나타난 것일지도 모른다고 생각했어. 하지만 그럴 리는 없겠지?"

한참 혼자 커리스의 묘비 앞에서 이런저런 이야기를 하던 브레가 손목시계를 본 후 자리에서 일어났다.

"이런, 벌써 시간이 이렇게 됐네. 다음 주에 다시 올게, 커리스."

일어나서도 한참이나 묘비를 내려다보던 브레가 다시 선글라스를 쓰고, 주차장으로 향했다.

주차장에 세워진 차는 특이하게도 녹색의 벤틀리 컨티넨탈 쿠페였다. 차 옆에 정장을 입고 선 남자가 브레가 다가오는 것을 보고 뒷문을 열어주었다.

브레가 차에 타려는 찰나 남자가 입을 열었다.

"Boss. 보셔야 할 것이 있습니다."

브레가 차에 타기 위에 몸을 숙인 채 고개를 돌리며 의아한 눈으로 물었다.

"봐야 할 것? 뭔데?"

남자가 태블릿 PC를 꺼내며 말했다.

"오늘 스냅, 네미넴, 파이어, 독 파운드, 노렌지, 네스터 피, 50 USD가 일제히 디지털 싱글을 발표했습니다."

브레가 놀란 눈으로 차 문을 잡고 바로 섰다.

"뭐? 일곱 명이 다? 파이어까지? 그런 이야기 못 들었는데."

남자가 태블릿 PC를 내밀며 말했다.

"무료 음원으로 등록된 한 곡에 서로 다른 가사를 붙여 발표한 것으로 보입니다. 무료 음원은 저작권이 없지만, 등록자에 'Kay'라고 기재되어 있습니다. 현재 작업실에 와 계신 분 말입니다."

브레가 고개를 갸우뚱하며 말했다.

"케이가 비트를 만들었다? 뭐, 그 녀석이야 천재니까 그럴 만하지. 그런데 케이의 비트에 일곱 명이 서로 다른 랩을 했다고, 그것도 같은 날짜에 일제히? 대체 무슨 꿍꿍이야, 이 녀석들?"

브레가 남자가 내민 태블릿 PC를 받아 들고는 차에 타며 말했다.

"이동하면서 들어보지. 대주주 회의에 늦으면 안 되니, 빨리 가자고."

차에 올라탄 브레가 헤드폰을 찾는 동안 차가 출발했다. 자신의 브랜드인 'Deats by Bre'의 괴물 헤드폰인 'Deats Pro'를 태블릿 PC에 연결한 브레가 스냅의 음악을 가장 먼저 재생했다. 400달러를 호가하는 헤드폰에서 가슴을 울리는 베이스 기타 소리가 흘러나오기 시작했다.

헤드폰에 손을 올리고 몸을 약간 숙인 채 음악을 듣던 브레의 눈이 의아함에 물들었다.

"응? 록 발라드인가? Break The Wall?"

음악을 듣고 있던 브레의 눈이 커졌다.

베이스 기타의 솔로 연주 후 이어진 일렉 기타 음이 자신의 아들인 커리스가 'Hood Sargen'이라는 이름으로 발매한 'Daddy Was A Doctor Bre' 전주 부분을 그대로 연주하고 있었기 때문이다.

기타가 도입되고 두 마디가 지나자 4분의 4박자의 드럼의 소리가 울렸다. 전자음이 아닌 진짜 드럼 연주라 힙합보다는 록 음악으로 들렸다.

징, 지징. 지징, 지지징!

전주 부분에 스냅 독 특유의 앵앵거리는 목소리로 랩을 준비하는 비트를 타는 소리가 들려왔다.

Uhh, that felt good?

(Uhh, 그거 느낌이 좋은데?)

헤드폰을 꼭 잡고 귀를 연 브레에게 스넵의 느리면서도 그루브한 랩이 들려왔다.

Alight, check it out though.

(좋아, 근데 들어봐.)

Why don't you put me on some music?

(음악 좀 틀어주지 않을래?)

What you wanna hear baby?

(뭐 듣고 싶은데?)

Put me on some of that old Dr. Bre shit.

(언제나처럼 닥터 브레 노래로.)

음악을 듣던 브레가 피식 실소를 흘렸다. 가사에 자신의 노래를 자주 듣는다는 표현을 하는 스넵이었기 때문이다.

하지만 다음 이어진 가사를 듣는 순간 헤드폰에 손을 올린 채 그대로 몸을 굳혔다.

That nigga fucked about right about now Dogg.

(그 자식 지금쯤이면 완전 ×된 상태일걸.)

I'm about ready to get up out this damn.

(이제 여기서 나갈 준비 됐어.)

I'm ready to get his shit up man

(그 녀석도 처리해 보자고.)

With motherfuckin investor after you.

(빌어먹을 투자자가 날 쫓고 있지만.)

Punk ass bitches, sucka ass niggaz.

(바보 새끼들, 머저리 새끼들.)

I can't take this shit no more dogg.

(더 이상은 참을 수가 없어.)

브레가 눈가를 파르르 떨며 음악에 집중했다.

You can, smoke a pound of bud everyday.

(매일, 고급 마리화나를 피울 수 있잖아.)

You got a big screen TV, man, you wanna give all this up?

(커다란 스크린 TV도 있는데, 이걸 다 포기하겠다고?)

You got the dopest shit out on the streets.

(넌 거리에서 가장 잘 나가는 걸 가지고 있다고.)

Nigga, is you crazy? It's about your son. It's not Other Asshole story.

(이봐 미쳤어? 네 아들 이야기야. 다른 병신들 이야기가 아니라고.)

브레가 눈가에 경련을 일으키며, 태블릿 PC를 노려보았다. 스넵의 랩은 정확한 비트의 드럼과 베이스 위에서 리듬을 가지고 놀고 있었다.

랩이 멈추자, 디스트가 잔뜩 걸린 기타 솔로가 휘몰아쳤다. 기타는 'Hood Sargen'의 'paradise'의 여성 보컬 부분을 빠르게 연주하고 있었다.

지, 지지징! 징징징!

기타음은 브레로 하여금 끊임없이 아들을 떠올리게 하였다. 마치, 커리스가 브레에게 전하고 싶은 메시지를 말하는 것 같았다. 진지해진 브레의 눈이 스넵의 마지막 가사를 듣는 순간 일그러졌다.

Dr. Bre is the shit, bitch!

(닥터 브레가 최고거든, 개년아!)

Talk about the sadness of your son rather than the fucking money.

(엿 같은 돈보다 네 아들에 대한 슬픔을 이야기해.)

I think what Hood Sargen wants. It's time for you to be a father.

(후드 서전이 원하는 것이 뭔지 생각해. 네가 아버지 노릇을 할 시간이야.)

♪♪♪

　로스앤젤레스(Los Angeles)의 패션 디스트릭트(Fashion District) 입구에 있는 12층 빌딩 옥상.

　미국까지 한달음에 건너온 손린이 무전기를 든 채 아래를 내려다보고 있었다.

　"경호팀 준비됐습니까?"

　"치칙, 준비됐습니다."

　옥상 위에서 쇼핑을 즐기고 있는 많은 인파 사이를 약 이 미터 간격으로 파고든 검은 정장의 흑인들을 내려다본 손린이 다시 무전기를 들었다.

　"카메라팀 준비됐습니까?"

　"치칙, 네, 준비됐습니다."

　손린이 다시 고개를 내밀고 아래를 체크하자, AVC HD 캠코더를 손에든 30여 명이 인파 속으로 숨어들고 있는 것이 보였다.

　"거치형 카메라 확인됐습니까?"

　"네, 작동 확인 완료입니다."

　손린이 고개를 돌려 옥상 한켠에 설치된 10개의 모니터를 보았다. 모니터 안에는 패션 디스트릭트의 곳곳이 비치고 있었고, 그것은 높은 곳에서 아래를 보는 방향과, 지나다니는 사람들의 눈높이 위치와 다리 어림에서 위를 비춰주는 화면 등으로 분할되어 있었다.

손린이 고개를 끄덕인 후 무전기를 들었다.

"연기자들 지금 내려서 사람들 사이로 들어가세요."

손린의 지시가 떨어지자 패션 디스트릭트 입구에 주차된 검은 밴에서 갖가지 동물 탈을 쓴 남자들이 우르르 내렸다.

고릴라, 토끼, 사자, 호랑이, 코끼리, 독수리, 표범, 돼지 탈을 쓴 일련의 무리가 패션 디스트릭트로 들어서자 쇼핑을 하던 사람들이 놀라며 쳐다보았다.

"뭐야? 뭐 이벤트 하나?"

"엄마! 토끼다 토끼!"

"고릴라 가면 무서워 엄마!"

"꺄악 귀여워!"

사람들이 인형 탈을 쓴 무리에게 관심을 집중하며 어린아이들에게 해줄 이벤트에 대해 기대했지만, 동물 탈을 쓴 무리는 아이들은 신경도 쓰지 않고 노천 카페의 의자에 앉거나, 가로등에 등을 기대고 팔짱을 끼는 등 자신들의 일을 하기 시작했다.

젊은 여자들이 동물 탈을 쓴 사람을 쿡쿡 찌르거나 사진을 찍으며 웃었지만, 반응이 없는 그들이었다. 사람들은 그런 그들을 잠시 보다가 곧 흥미를 잃고 쇼핑을 하기 시작했다.

손린이 옥상에서 사람들이 동물 탈에 완전히 관심을 거둘 때까지 약 10여 분을 보낸 후 무전기를 들었다.

"30초 후 시작합니다. 음향을 마지막으로 체크해 주세요."

"네, 체크 완료했습니다. 패션 디스트릭트의 모든 건물에 존재하는 외부 스피커에 연결되었습니다."

"좋습니다. 전체 스탭! All Ready! 10초부터 카운트합니다."

손린의 지시가 떨어지자 건물 쪽으로 붙어 있던 경호원들이 우르르 몰려나와 사람들 사이에 섰다. 쇼핑을 하던 사람들이 무슨 일인가 싶어 시선을 돌렸다.

그때 패션 디스트릭트의 모든 건물 스피커에서 동시에 음악이 나오기 시작했다. 사람들이 고개를 들고 건물 쪽을 쳐다보며 고개를 갸웃했다.

AVC HD 캠코더를 손에 든 일련의 남자들이 우르르 나와 동물 탈을 쓴 남자들 주변에 서서 촬영을 시작했다. 베이스 기타의 묵직한 음이 정확한 비트로 울리고, 곧 일렉 기타와 드럼이 합쳐지자, 사람들이 약간 얼굴을 찡그릴 정도로 음악의 볼륨이 올라갔다.

사람들이 갑자기 굉음을 내는 스피커들을 보며 우왕좌왕할 때 노천 카페의 의자에 앉아 팔짱을 끼고 있던 토끼 탈이 벌떡 일어나더니 토끼 가면을 벗었다.

그의 주위에서 그를 보고 있던 사람들이 외쳤다.

"스넵이다! 스넵 독이다!"

"끼야아악! 정말이야!"

"사진 찍어! 아니 영상으로 찍자!"

토끼 탈을 벗은 스넵 독이 자신을 따라온 캠코더를 보며 가볍게 선글라스를 치켜올린 후 랩을 시작했다.

Six million ways to die, choose one.

(죽는 방법 600만 가지, 하나 선택해.)

It's time to escape, but I don't know where the fuck i'm headed.

(탈출의 시간이다, 하지만 어디로 갈지는 나도 모르겠어.)

Up or down, right or left, life or death.

(위 아니면 아래, 오른쪽 아니면 왼쪽, 삶 아니면 죽음.)

Uhh, Doctor, I do not think that's the way it Is.

(어어, 닥터, 그 방법은 아닌 것 같아.)

마지막 가사를 뱉으며 손가락을 까딱거린 스넵 독이 한쪽 방향을 가리키자 카메가 렌즈가 그의 손을 따라갔다. 그의 손이 닿은 곳에는 가로등 아래에 기대어 팔짱을 끼고 있는 고릴라 가면이 있었다. 고릴라 가면이 고개를 갸웃하더니 탈을 벗는 동시에 바닥에 탈을 패대기쳤다.

"으아아아! 50 USD야!"

"크아아아! 대박! 대박!"

50 USD가 입고 있던 티를 찢으며 자신의 우람한 상체를 드러냈다. 갱들과의 총격전으로 얻은 총알 자국들이 잔뜩 새겨진 그의 근육 가득한 상체가 꿈틀거렸다.

My name is Curis, if I hear this name, will somebody think?

(내 이름은 커리스, 이 이름을 들으면 누군가 생각이 나겠지?)

Sorry, I'm 50 USD, Curis Young is Doctor's son.

(미안, 난 50 USD야, 커리스 영은 닥터의 아들이지.)

Ahhhh, Your somewhat brain boggled.

(아아, 아무래도 네 머릿속이 이상한 거 같아.)

So You look to the microphone and slowly start to wobble.

(그래서 넌 마이크로폰을 바라보면서 천천히 떨기 시작해.)

Are you scared, Doctor?

(겁이 나는 거야, 닥터?)

50 USD가 춤이라고는 할 수 없지만 그루브하게 리듬을 타며, 랩을 하다가 마지막 가사를 뱉으며 카메라 쪽을 손가락질

하며, 도발하는 듯한 제스처를 취했다.

카메라가 급격히 방향을 틀며, 근처 식당에서 테이블에 얼굴을 박은 채 무언가를 먹고 있는 액션을 취하고 있는 돼지 가면을 비추었다.

돼지 가면이 게걸스럽게 입에 음식물을 묻히고 스파게티를 먹다 번쩍 고개를 들고 카메라를 쳐다보았다.

카메라 감독이 달려 나가며 돼지 가면을 클로즈업하자, 돼지 가면이 천천히 가면을 벗었다.

"꺄악! 파이어 큐브까지 왔어!"

"허억! 뭐야? 이거 뭔데?"

"뭐 촬영하는 거야? 뮤직비디오?"

파이어 큐브가 들고 있던 스파게티 그릇을 바닥에 내려두고 입을 닦은 후 일어나 카메라 쪽으로 다가오며 특유의 인상 쓴 표정으로 랩을 내뱉었다.

Hey, Doctor, do not bother looking at other people, it's not you.

(헤이 닥터, 다른 사람 시선 신경 쓰지마, 그건 네가 아니야.)

It's not like you care about investors. Hey, Doctor! You're Dr Bre!

(투자자 시선을 신경 쓰는 건 너답지 않아. 헤이 닥터! 넌 닥터 브레라고!)

Speak to the damn Asshole!

(당당하게 말해 그 망할 새끼들한테!)

I do not even have the right to be sad that my son died of drug addiction!

(내 아들이 약물 중독으로 죽었다고 슬플 권리까지 없는 거냐고!)

위압적인 덩치로 삿대질하며 랩을 쏘아붙이던 파이어 큐브가 갑자기 멈추어 서서 고개를 숙이고 양손을 모았다.

카메라의 시점이 건물 위에 설치된 카메라의 시점으로 바뀌며, 스냅 독과 50 USD, 파이어 큐브를 동시에 비추었다.

셋은 모두 같은 포즈로 멈춰 있었고 구경을 하던 사람들도 그들이 일제히 멈추자 자신들도 동작을 멈추었다.

상부의 카메라가 일순간 정지화면처럼 보이는 패션 디스트릭트의 모습을 화면에 담고 있는 중 벤치에 앉아 다리를 꼬고 있는 표범 가면이 움직이는 것이 도드라져 보였다. 표범 가면이 꼬고 있던 다리를 풀고 자리에서 일어나자, 사람들의 시선이 집중되었다.

표범 가면이 가면을 벗어 벤치에 올려두자 여성들의 함성이 터져 나왔다.

"꺄아아아악! 케이야!"

"아아아아악! 어떡해! 진짜 잘생겼어!"

"꺅! 꺅! 케이! 사랑해요!"

건이 마치 갱스터 같은 걸음으로 고개를 삐딱하게 든 채 카메라를 직시하며 랩이 아닌 노래를 시작했다.

Break the wall Doctor, there's nothing like a wall in front of you.

(벽을 부숴 닥터, 원래 내 앞에는 벽 같은 선 없었잖아.)

Give me your hand, one step closer.

(손을 내밀어, 한 걸음 다가가.)

You'll find that what's in front of you is not a wall.

(네 앞에 있는 것이 벽이 아니란 걸 알게 될 거야.)

건의 목소리가 울려 퍼지자 구경을 하고 있던 사람들의 입이 쩍 벌어졌다. 너무나 아름다운 소년의 입에서 아름답다 못해 처절한 목소리가 흘러나오자, 사람들은 환호하는 것도 잊고 그저 멍하니 건을 쳐다보았다.

건의 노래 파트가 끝나고 뒤이어 사자 가면을 벗은 네미넴, 독수리 가면을 벗은 독 파운드가 차례로 가면을 벗는 퍼포먼스와 함께 랩을 터뜨렸다. 네미넴이 나섰을 때는 패션 디스트릭트가 무너질 듯한 엄청난 환성이 터져 나왔다.

다시 건의 노래가 이어진 후 호랑이 가면을 벗은 마스터피

와 코끼리 가면을 벗은 워렌 지가 랩을 끝냈다.

그 모습을 지켜보던 관객들이 각자의 자리에서 몸을 흔들며 춤을 추었고, 어느새 건물 위에서 촬영하고 있는 카메라 속에는 온통 춤을 추며 갑작스러운 공연을 진심으로 즐기는 사람들의 모습이 가득했다.

음악이 멈추고 스타들이 각자 손을 흔들며 사람들에게 인사를 하자, 팬들이 밀려들었다.

그 모습을 본 손린이 재빨리 경호팀에게 지시를 내려, 덩치 큰 흑인 경호원들이 위압적인 표정으로 사람들을 밀어냈다.

경호원들이 사람들을 밀어내는 동안 재빨리 차로 돌아간 래퍼들의 차가 빠르게 출발했고, 패션 디스트릭트는 조금 전 공연이 없던 일이라도 된 것처럼 조용해졌다.

다음 날.

패션 디스트릭트에서의 게릴라 공연은 뮤직비디오로 제작되어 'Break the wall, Doctor'라는 제목으로 유튜브에 공개되었다.

이 영상은 순식간에 조회 수를 올리며 인기 영상 최상단에 랭크했다. 같은 날 일제히 발표한 싱글 곡들과 함께 엄청난 화제가 된 이 곡은 무수히 많은 팬의 입을 움직였다.

소문이 퍼져나가자 유튜브의 조회 수가 폭발적으로 늘어나기 시작했고, 스트리밍 사이트의 최신 핫 차트 10위 권내에 그들의 음악 일곱 곡이 모두 랭크되었다.

그리고. 'Break the wall'의 화제성을 확인한 미국의 다른 래퍼들이 움직이기 시작했다.

맨 처음 움직이기 시작한 이들은 AC, ROYCE DA 5′ 7, STAR QUO 등과 같이 실력은 충분하지만, 스타성이 부족한 래퍼들이었다.

이들은 'Break the wall'이 힙합의 화제가 되자 거대한 파도에 동승해 브레의 복귀에 대한 바람과 자신이 어릴 때 브레를 얼마나 존경하며 컸는지를 말했다.

특히 AC는 'Break the wall'의 비트에 이런 랩을 남겼다.

We gives a fuck motherfucker.

(×도 신경 안 쓰지 개자식아.)

Wave your motherfuckin hands in the air.

(하늘 위로 빌어먹을 손을 흔들어.)

Cry the name of Dr. Bre in your head Mother Fucker!

(너희 대가리 속에 든 닥터 브레의 이름을 외쳐 개자식들아!)

재미있는 것은 누구도 건이 노래한 파트는 건드리지 않았다는 것이다. 건의 노래와 가사는 마치 모든 래퍼를 뒤에서 움직이는 것 같이 보였다.

그들 모두가 입을 모아 브레에게 말하고 싶은 가사를 노래했기 때문이기도 했고, 듣는 이들의 혼을 울리는 보컬에 쉽게 손댈 수 없었기 때문이기도 했다.

이로 인해 미국의 모든 힙합씬의 래퍼들에게 케이의 이름과 그 실력이 알려졌지만, 정작 건 본인은 이에 대해 알지 못했고, 특별히 그런데 관심도 없었다.

스넵 독이 래퍼들이 움직이는 것을 실시간으로 보고 받으며, 네미넴과 자택에서 이야기를 나누고 있었다.

스넵이 정원에 놓인 소파에 앉아 하늘로 땅콩을 던져 받아먹으며 말했다.

"West Coast 쪽 애들은 대부분 움직였지?"

네미넴이 스넵의 옆 소파에 올라가 앉은 채 스마트폰으로 딸 사진을 보며 말했다.

"그렇지. 중립 놈들도 움직이고 있어."

스넵이 다 먹은 땅콩 봉지를 구기며 말했다.

"문제는 East Coast 놈들인데…… 어떻게 움직일 거래? 케이한테 연락해 봤어?"

"몰라, 그 중국 여자가 그냥 기다리라고 했대."

"그냥? 가만히 있으면 움직이나?"

"말 안 듣는 놈들한테 뭐 시키면 어디 하려고 드나? 그냥 내 버려 두면 지들이 재미있을 것 같아서 붙을 거라더라."

스넵이 웃음을 터뜨리며 말했다.

"뭐? 하하하. 그거 명언이군. 중국 여자라더니 머리가 제법 돌아가는데?"

네미넴이 스넵을 힐끗 보며 말했다.

"그냥 중국 여자가 아니야, 스넵. 중국에 큰 프로덕션 이사 래. 레오파드의 공연 마케터이기도 했고. 너도 소문 들었지? SNS로 한 게릴라 투어 말이야. 거기다 공연 전체 기획과 예고 영상도 그 여자가 만들었대."

스넵이 선글라스를 치켜올리며 소파에 양손을 기대었다.

"그래? 흠. 나도 아시아 쪽 투어할 때는 부탁 좀 해야겠네. 명함 받은 거 없어?"

"히히히, 난 이미 받아놨지. 필요하면 직접 달라고 해, 케이 한테 연락하면 되니까."

스넵이 가운뎃손가락을 들며 말했다.

"엿 먹어라, 망할 자식. 그냥 알려주면 안 되나?"

네미넴이 더욱 장난스러운 얼굴로 말했다.

"야, 나도 먼저 명함 달라고 하기 쪽팔렸어. 원래 나 정도 되면 먼저 와서 명함 줘야 하는 거 아냐? 줄 생각도 안 하길래 먼저 달라고 했지. 나만 쪽팔릴 수 없다! 너도 팔려야 돼!"

스넵이 네미넴의 얼굴에 침을 뱉는 액션을 취하며 말했다.

"퉤, 됐다 이 자식아, 내가 직접 받지. 케이한테 전화하면 간단한 건데."

스넵이 전화기를 들자 옆에 있던 네미넴이 재미있는 장난감을 발견했다는 눈빛으로 스넵에게 시선을 집중했다. 스넵이 네미넴의 표정을 보며 이상한 놈이라는 듯 손을 휘저었다.

"여보세요? 케이? 나다, 스넵."

"아, 네 스넵!"

"어, 다른 게 아니라 그 중국 회사 여자 있지?"

"네, 손린 이사님이요?"

"그래, 그 여자. 내가 아시아 쪽 투어 때 그 여자 손을 좀 빌리고 싶은데, 명함 좀 달라고 해줘."

"아, 잠시만요……."

건이 손린과 함께 있는지 잠시 수화기 너머로 이야기 소리가 들렸다. 통화 감도가 조금 먼 것으로 보아 핸드폰을 놓고 손린과 이야기를 나눈 것 같았다. 잠시 후 건의 목소리가 다시 들렸다.

"여보세요, 스넵?"

"그래, 듣고 있다."

"저…… 그게."

"왜? 뭐라는데?"

"지, 직접 와서 받아 가시라는데요……."

"뭐?"

옆에 있던 네미넴이 스넵의 표정이 일그러지는 것을 보고는 손가락질을 하며 데굴데굴 굴렀다.

"푸하하히히히! 으하하하!"

스넵이 인상을 쓰며 바닥을 굴러다니는 네미넴을 발로 차며 말했다.

"아, 조용히 해봐! 여보세요, 케이?"

"네, 스넵. 말씀하세요."

"지금 나보고 거기까지 찾아가서 명함을 받아가라고 말 한 것 맞아?"

"……예."

"으음…… 알았다. 다시 연락하지."

전화를 끊은 스넵이 인상을 찌푸리며 아직도 바닥에 굴러다니며 눈물을 찔끔거리며 폭소를 터뜨리고 있는 네미넴을 노려보다 갑자기 생각난 듯 말했다.

"가만있어 봐. 그럼 너도 그 여자한테 직접 찾아가서 두 손으로 고이 명함 받고 왔다는 거 아냐?"

바닥에서 웃고 있던 네미넴이 덜컥 몸을 굳혔다. 그 모습을 본 스넵이 천천히 손가락으로 네미넴을 가리키며 이를 드러내었다.

"크하하! 네놈! 네놈이 치욕스러운 짓을 했구나! 크하하하!"

네미넴이 바닥에 드러누워 스넵의 반대쪽으로 몸을 돌린 채 움직이지 않았고, 스넵은 그런 네미넴을 발로 툭툭 차며 광소를 터뜨렸다.

며칠 후 드디어 East Coast의 래퍼들이 움직이기 시작했다.

가장 처음 'Break the wall'에 반응한 것은 'Momm Deep(맘 딥)'이었다. 듀오였던 맘 딥은 서로 번갈아 가며 랩을 하며 브레에 대해 랩을 쏟아냈는데, 브레에 대한 존경이 깔린 가사를 쓴 West Coast의 래퍼들과는 다르게, 그를 도발하는 가사로 음원을 올렸다.

하지만 그들 역시 건의 보컬은 전혀 손대지 않았다.

맘 딥은 오랜 기간 활동하지 않았는데, East Coast의 래퍼 중 가장 먼저 움직인 뮤지션이었기에 대중의 관심을 한 번에 받았다.

건이 파이어 큐브와 함께 호텔 1층 로비에 앉아 맘 딥의 음악을 들어 본 후 웃음을 지었다.

"이건 브레가 제대로 열 받을지도 모르겠는데요?"

파이어 큐브가 눈썹을 꿈틀대며 웃었다.

"호오? 너 갱스터 같다? 이제 브레를 도발하는 정도의 일을 웃으면서 말할 수 있다니 말이야."

건이 장난기가 가득한 얼굴로 말했다.

"손린 이사님의 말대로 되어가고 있어서 신기해서 그런 거예요, 하하"

손린이라는 말에 파이어 큐브가 관심이 간다는 듯 몸을 앞으로 숙이며 물었다.

"오! 그 중국 여자? 장난 아니더라, 이번에 보니까. 그 여자가 뭐라고 했는데?"

건이 히죽 웃으며 말했다.

"맛있는 냄새를 풍기는 먹이를 던져두면 하이에나들은 알아서 싸운다."

파이어 큐브가 잠깐 멍한 표정을 짓다가 입을 벌리고 크게 웃었다.

"명언이군. 그 여자도 그쪽 분야의 천재라고 봐야겠어."

자신의 말에 건이 고개를 끄덕이자 파이어 큐브가 말을 이었다.

"그런데 말이야. 세상은 그 여자가 아니라 네가 우리를 움직이고 있다고 말해. 알고 있어?"

건이 약간 부담스럽다는 듯한 표정으로 말했다.

"네, 저도 기사 봤어요. 이러다가 어디 길거리에서 총 맞는 건 아닌가 몰라요."

파이어 큐브가 히죽 웃으며 말했다.

"기사 제목 봤어? '천재가 일으킨 황색 바람이 검고 무거운 바위를 움직이다.' 키야! 어떤 놈이 썼는지 몰라도 기사 제목 하나는 진짜 멋들어졌어. 오늘 ENPD도 움직였다며?"

건이 팔짱을 끼며 고민스러운 표정으로 말했다.

"맞아요. 그런데 가사에 제가 나오더라고요. 깜짝 놀랐어요."

파이어 큐브가 의아한 표정을 짓다 스마트폰을 들어 ENPD 의 음악을 재생했다. 'Break the wall'의 비트가 흘러나오고 곧 ENPD 특유의 DJ 믹스 음이 울린 후 그들의 스무스하면서 그루브한 랩핑이 흘러나왔다.

I'm a couple of us, do not you have a bloody head on your pussy?

(우리 나이가 몇인데 머리에 피도 안 마른 애송이한테 휘둘려 랩을 해?)

Who is Kay? Who is Kay?

(케이가 누군데? 케이가 누군데?)

You do not even have to know greenhorn name.

(애송이 이름 따위 몰라도 돼.)

We're just here to talk to Dr Bre, Mother Fucker!

(우린 그냥 닥터 브레를 말하기 위해 이 자리에 있어, 개자식아!)

파이어 큐브가 핸드폰을 던지며 폭소를 터뜨렸다.

"크하하, 애송이란다 너!"

건이 불만스러운 표정으로 말했다.

"7개월만 더 있으면 저도 성인인데, 애송이라니 심했어요."

파이어 큐브가 웃으며 말했다.

"야, 저 정도면 쟤들도 너 인정하는 거야. 그냥 애송이로 끝냈잖아, 실력도 없는 게 깝쳤으면 넌 지금쯤 이미 천국으로 가는 차를 타고 있겠지."

한참 서로를 보며 웃음을 짓던 파이어 큐브가 웃음을 멈추고 물었다.

"그런데 'ENPD'나 'Momm Deep'은 아직 약해. 다른 놈들이 움직여야 할 텐데 말이야."

건이 걱정하지 말라는 듯한 표정으로 말했다.

"손린 이사님은 틀린 적이 없어요. 이번에도 걱정 없을 거예요. 곧 막아 두었던 둑이 터지듯이 한꺼번에 밀려 나올 거라고 하셨거든요. 화제성은 이미 충분하니까요."

파이어 큐브가 동의한다는 듯 고개를 끄덕였다.

"내가 East Coast에 속했더라도 이런 기회를 손 놓고 보기는 힘들지. 참가는 할 거야. 문제는 브레야. 브레를 움직일 수 있어야 우리가 했던 일이 헛수고가 아닐 텐데 말이야. 아, 뭐 헛수고는 아니군. 음원 수익으로 돈은 좀 벌었으니."

건이 진중한 표정으로 고개를 끄덕였다.

"맞아요. 브레를 움직여야 이 일이 끝나겠죠. 손린 이사님도 브레가 어떻게 나올지는 예상할 수 없다고 하셨어요. 높은 확률로 그냥 못 본 척, 못 들은 척할 거라고 하셨고요. 사업가인 브레가 마음을 먹기까지는 상당한 고민의 시간이 필요하겠죠. 그건 브레의 몫이에요, 파이어. 우리는 최선을 다했으면 그걸로 된 거예요."

파이어 큐브가 건의 진중한 눈을 보며 고개를 깊게 끄덕였다.

그리고 다음 날. 드디어 제이 조(JAY Zo)와 케인 웨스트(KANE WEST)가 움직였다. 거물급 스타가 움직이자 힙합씬이 출렁거렸고, 브레이크(BRAKE)와 메서드 맨투맨(METHOD MAN to MAN)의 뒤를 이어 여성 래퍼인 니키 마야즈(NICKI MAYAJ)까지 'Break the wall'에 가세했다.

전 세계가 미국 힙합계의 거대한 움직임에 시선을 집중했고, 연일 뉴스로 새로운 뮤지션의 참가가 알려졌다.

처음 'Break the wall'의 음원 일곱 곡이 등록된 지 정확히 십 일 후, 건은 브레의 전화를 받았다.

"케이, 나다. 재미있는 일을 벌였더군?"

♪♪♩

　오후 7시 30분. 해가 저물어가는 링컨 메모리얼 파크의 묘지 사이 언덕길을 건이 홀로 올라가고 있었다.

　건이 브레의 전화를 받은 것은 오후 5시 20분경. 바로 택시를 타고 브레가 말한 곳으로 온 건이 언덕길 너머 잔디밭에 홀로 다리를 뻗고 앉아 있는 브레를 보았다.

　건이 가까이 가자 브레의 주위로 빈 술병들이 이리저리 흩어져 있는 것이 보였다. 브레가 다가온 건을 게슴츠레한 눈빛으로 보았다.

　건을 보며 실소를 지은 브레가 손을 올려 건을 가리키려 했지만, 팔에 힘이 들어가지 않는지 그의 팔이 힘없이 축 늘어졌다. 여러 번 손을 들려 했지만, 그때마다 팔을 축 늘어트린 브레가 풀린 눈으로 말했다.

　"어, 어음. 케이, 왔나?"

　브레는 만취한 상태였지만 말을 똑바로 할 정도는 되는 듯했다. 건이 허리에 손을 올리고 한숨을 쉬었다.

　"브레, 뭘 이렇게 많이 드셨어요?"

　브레가 히죽 웃더니 다시 손에든 술병을 병째로 입에 쑤셔 넣고 벌컥벌컥 술을 들이켰다. 움직이는 목젖 위로 반쯤 흘린

술을 소매로 닦은 브레가 말했다.

"아들이랑 한잔하고 있었지."

브레가 자신이 앉은 자리 옆을 툭툭 치며 말했다.

"여어, 커리스! 인사해! 이 녀석이 케이야. 내가 말한 적 있지?"

건이 눈을 돌려 브레의 옆을 보니 커리스 영의 묘비가 눈에 들어왔다. 브레가 건을 돌아보며 말했다.

"케이, 인사해. 여기 내 아들놈. 불쌍하게 아비 잘못 만나 계부 밑에서 고생이란 고생은 다 하고, 결국 약물 중독이란 불명예스러운 죽음을 맞은 내 아들놈이야. 인사해!"

건이 아무 말 없이 브레의 옆 묘비를 건너 자리를 잡고 앉았다. 건이 커리스의 묘비를 슬픈 눈으로 바라보고 있자, 브레가 히죽 웃으며 말했다.

"왜? 너도 이놈이 불쌍해? 아니면, 다른 놈들처럼 조롱이라도 하나? 푸하하!"

건이 진중한 눈으로 브레를 빤히 보았다. 브레가 앉은 채 상체를 휘적휘적 흔들며 술병을 높게 들었다.

"내 아들에게 건배! 누가 뭐래도 이놈이 내 아들이다, 이 새끼들아!"

브레가 한참 고개를 젖히며 웃은 후 술병을 바닥에 던졌다. 건의 눈에 브레의 충혈된 슬픈 눈이 보였다.

브레가 눈가를 파르르 떨며 언덕 아래 보이는 시내를 노려보았다. 한참 아무 말 없이 아래를 보던 브레가 입을 열었다.

"왜 나를 다시 끌어내려 하지?"

건이 무릎을 모은 채 양팔로 무릎을 잡고 말했다.

"당신은 뮤지션이니……."

"사업가이기도 하다. 내 말 한마디에 수만 명이 직장을 잃을 수도 있어."

건의 말을 잘라버린 브레가 선을 노려보았다. 건이 그런 브레의 시선을 피하지 않고 말했다.

"아버지이기도 합니다, 당신은."

건의 말을 들은 브레가 아무 말 없이 건을 노려보자 건이 정면을 보며 아련한 눈빛으로 말했다.

"우리 어머니가 말했어요. 세상 모든 사람이 손가락질해도 자식을 감싸는 게 부모라고요."

브레가 건의 말에 눈가에 경련을 일으켰다. 건이 브레의 표정을 보지 못한 채 손으로 바닥의 잔디를 뽑으며 말을 이었다.

"브레, 저는 말이에요. 어렸을 때 아버지한테 참 많이 맞고 자랐어요."

브레가 건에게 시선을 집중하다 실소를 흘리며 고개를 돌려 정면을 보았다.

"사고치고 다닐 놈으로 안 보이는데, 너도 사고 좀 치고 다녔나 보지?"

건이 피식 웃으며 말했다.

"사고 따위 친 적 없어요. 전 그냥 아버지의 화풀이 대상이었으니까요."

건이 입에서 충격적인 말이 나오자 브레가 눈썹을 꿈틀했다. 건이 언덕 아래의 풍경을 멍하니 보며 말을 이었다.

"아주 어릴 때. 우리 아버지는 세상에서 제일 멋진 사람이었어요. 그리고 세상에서 제일 강하고, 세상에서 가장 친한 내 친구였죠. 아버지 사업이 풀리지 않고, 어머니와 불화가 생기고 나서 그는 세상에서 가장 미운 사람이었고, 세상에서 가장 죽여 버리고 싶은 사람이기도 했어요."

브레가 멍하니 건이 하는 말에 귀를 기울였다.

"다행이라고 해야 하나요? 여동생과 엄마는 손대지 않았어요. 화가 나면 그냥 절 때렸죠. 하하, 웃기는 거 말해줄까요? 밤 11시쯤인가? 갑자기 제 방으로 발소리를 쿵쾅대며 뛰어와서는 절 노려봤죠. 그러고는 방을 둘러 보더군요. 그리고 날 때리기 시작했어요. 이유가 뭔지 알아요? 책장에 책 한 권이 거꾸로 꽂혀 있었다는 이유에요. 공부하는 놈이 이게 말이 되냐고요. 하하!"

건의 눈이 충혈되기 시작하자 브레가 안쓰러운 눈으로 건을 보기 시작했다.

"그때 엄마는요. 아버지가 너무 싫었대요. 자기랑 싸우고 화가 난 아버지가 날 때리는 것이 일종의 공식이란 걸 알았지만, 자기 분노가 너무 컸었대요. 그래서 매번 아버지와 싸우고, 저를 때리는 아버지에게 더 큰 분노를 터뜨렸죠. 결국, 그것은 저에게 폭력으로 되돌아오는 악순환이 되었고요."

건이 무릎에 얼굴을 묻으며 말을 이었다.

"사실 나를 때리는 아버지보다 엄마가 더 미웠어요. 내가 맞게 될 걸 알면서도 자기 분노를 터뜨리는 것에 정신이 팔린 엄마가 미웠어요. 한바탕 태풍이 휩쓸고 지나가면 내 방에 찾아와 울며 맞은 곳에 약을 발라주던 우리 엄마가 더 미웠어요, 그저 가식으로밖에 느껴지지 않았으니까요."

브레가 조용히 건의 어깨에 손을 올리자 건이 다시 고개를 들었다. 건의 얼굴이 온통 눈물범벅이 되어 있었다. 건이 브레와 눈을 마주치지 않고 계속 말을 이었다.

"엄마가 달라지기 시작한 건 제가 막 고등학교에 올라갈 때부터였어요. 엄마 역시 사람이었던 거예요. 성숙하지 않았던 한 사람이었을 뿐이죠. 우리 엄마도 엄마라는 역할을 수행해 나아가며 성장하는 한 사람의 인간이었나 봐요. 어느 순간부터 엄마는 아버지에 대한 미움이 저에게로 향하지 않도록 하기 위해 자신이 할 일을 찾기 시작하셨죠."

"어느 날 엄마가 제 방으로 와서 제 앞에 무릎을 꿇고 울며 비셨어요. 미안하다고, 미안했다고. 엄마가 다 잘못한 거라고요. 하지만 쉽게 용서되지 않았나 봐요. 겉으로는 엄마에게 괜찮다고 웃었지만, 쉽게 마음이 열리지 않았어요. 인생에서 가장 중요한 사춘기 시절의 10년을 그렇게 보냈으니까요. 미국에서 생활한 지난 1년간 엄마에게 전화를 건 것이 손에 꼽을 정도밖에 안 되는데 제 동생에게는 하루가 멀다고 전화를 걸거든요."

"또, 아버지도 제게 사과하셨어요. 그때는 미안했다고 실수였다고."

"그래서 용서했냐고요? 아니요, 용서 못 해요. 실수였다고요? 그 말 한마디에 제가 용서할 수 있었을까요? 난 그런 성숙하지 못한 부모가 될 바엔 결혼 따위 하지 않을 거예요. 그래도, 그래도요 브레……."

"난 어쩔 수 없이 엄마 아빠를 사랑하나 봐요. 맞은 기억이 대부분이지만 어색하게나마 저에게 먼저 전화해 등록금을 부쳤다는 아버지를 전화를 받을 때 울컥해요. 저 돈 많거든요, 브레? 그런데도 아버지가 등록금을 보내주세요. 재미있죠? 아버지보다 제 재산이 몇 배는 많을 텐데 말이에요."

건의 눈에서 닭똥 같은 눈물이 줄줄 흘러내리기 시작했다.

"엄마가요, 우리 엄마가 감기에 걸려서 아프다는 이야기를 동생에게 전해 듣기만 해도 가슴이 덜컥 내려앉는 걸 보면 전 바보같이 그렇게 당하고도 엄마를 사랑하는 멍청이인가 봐요, 브레."

브레가 건의 옆에 바싹 붙어 건의 어깨를 감싸주자 건이 더욱더 눈물을 흘리며 말했다.

"사춘기가 지나고 나를 사랑한다고 생각한 적이 단 한 번도 없던 우리 아버지가요. 친구들한테 그렇게 자식 자랑을 하신 대요. 자기 자랑인 것처럼 말이에요. 웃기지 않아요?"

건이 고개를 돌려 눈물범벅이 된 얼굴로 브레를 보았다. 브레는 안쓰러운 눈으로 선을 마주 보았다.

"당신은 커리스에게 어떤 아버지였나요? 좋은 아버지는 아니었다고 들었어요. 그럼 커리스의 기억에 당신이 존재하는 순간 동안은 어떤 아버지였나요?"

브레가 쉽게 말문을 열지 못하자 건이 말을 이었다.

"커리스에게 당신은 스물한 살까지 자신을 버린 아버지가 아니었어요. 당신과의 길고 긴 대화로 당신의 상황을 이해했고, 그의 노래 속에 그려진 당신의 모습은 자랑스러운 아버지 그 자체였으니까요."

건이 브레의 양어깨를 잡으며 자신의 방향으로 돌렸다.

"브레, 이대로 괜찮아요? 당신도 그저 그런 아버지로 남을 건가요? 커리스의 기억 속에 우리 아버지 같은 사람으로 남을 건가요?"

브레가 씁쓸한 웃음을 지으며 고개를 저었다.

"아니. 그럴 수는 없지, 너에게는 미안한 말이지만."

건이 천천히 고개를 끄덕인 후 눈물을 닦으며 언덕 아래를 바라보자 브레가 말했다.

"커리스도 열다섯 살에 처음 나라는 존재를 알게 된 후에는 많이 원망했다고 들었어. 너도 좀 더 나이를 먹고 스스로 성숙하지 못한 인간임을 깨닫게 될 때 아버지를 이해하게 될지도 모르지. 아닐 수도 있고."

건이 얼룩진 얼굴을 소매로 비벼 닦은 후 말했다.

"그랬으면 좋겠네요. 아버지를 이해하는 날, 그 날이 제 인생에서 가장 많은 성장을 하는 날이 될 테니까요."

브레가 미소를 지은 후 커리스의 묘를 내려다보며 살짝 한숨을 쉬었다.

"커리스의 이야기…… 해도 괜찮을까?"

건이 피식 실소를 지으며 말했다.

"지금 분위기 몰라요 브레? 모든 래퍼가 당신의 복귀를 바라고 있어요. 그건 곧 그 음악을 듣는 대중들이 바라고 있다는 뜻이에요. 대중이 바라지 않았다면 그들 또한 움직이지 않았을 테니까."

브레가 커리스의 묘를 쓰다듬으며 말했다.

"커리스. 아버지가 네 이야기를 해도 될까?"

브레의 눈에 굵은 눈물이 맺혔다.

"커리스, 미안하다, 미안해. 너무 늦었지?"

브레가 눈에 맺힌 눈물을 뚝뚝 흘렸다.

"아버지가, 아버지 노릇도 제대로 못 한 아버지가 많이 미안하구나. 사람들이 손가락질한다고 나까지 널 외면했던 비겁한 아버지를 용서해다오. 이제라도 피하지 않으마."

건이 커리스의 묘에 손을 올리며 말했다.

"커리스. 당신의 자랑스러운 아버지가 당신이 보았던 그 모습으로 돌아갈 서예요. 지켜봐요."

브레가 눈을 들어 조용히 건을 보았다. 건이 그런 브레를 마주 보며 미소를 지었다. 한참을 마주 본 두 사람이 동시에 언덕 아래 보이는 풍경으로 눈을 돌렸다.

아무 말 없이 노을이 아스라이 지고 있는 풍경을 보던 브레가 말문을 열었다.

"하려면 제대로 한다. 네가 도와줘야 해."

건이 이를 드러내며 엄지손가락을 치켜들었다.

"뭐든 말만 해요. 최대한 지원할 테니까."

브레가 건에게 고개를 돌리며 말했다.

"음악을 직접 만들지 않은 지 오래됐어."

건이 히죽 웃으며 말을 받았다.

"당신이 누구죠?"

브레가 어이없다는 표정으로 건을 보다가 실소를 지으며 당당하게 말했다.

"닥터 브레지."

건이 무슨 말이 더 필요하냐는 듯한 눈빛을 보내자, 브레가 정면에 보이는 풍경을 노려보며 말했다.

"다 씹어 먹어버린다."

브레와 건이 작업실로 돌아온 것은 밤이 깊어진 다음이었다. 술이 거하게 취한 브레가 비틀비틀 차에서 내리자 운전사가 재빨리 그의 몸을 부축했다. 건이 그런 브레를 따라 차에서 내리며 말했다.

"브레, 오늘은 쉬시고 내일부터 작업하시는 게 어때요?"

브레가 운전사의 어깨동무를 한 채 뒤를 돌아보며 히죽 웃었다.

"음악 작업은 내일부터. 하지만 가사는 지금 당장 써둬야겠어. 지금이 아니면 안 돼. 넌 오늘 쉬고 내일 다시 와."

브레가 손을 휘휘 저으며 Deats 매장 안으로 사라지자 건이 그의 뒷모습을 보며 우두커니 서 있었다. 눈물을 많이 흘려 얼굴이 얼룩덜룩한 건이 쇼윈도에 비친 자신의 모습을 보고 주머니에서 마스크를 꺼내 쓰고는 호텔로 향하는 택시에 몸을 실었다.

택시 안에서 콤프턴 시내의 밤 풍경을 보던 건이 문득 수첩을 꺼내 무언가 적어나가기 시작했다.

한참 연필 소리만 사각사각 울리며 집중하던 건이 어느새 호텔 앞에 도착한 택시에서 내려 호텔 방으로 들어갔다. 씻고 싶은 마음이 간절했지만, 침대에 엎드려 한참을 수첩과 씨름하던 건이 어느 순간 수첩을 내려놓았다.

고개를 들어 벽시계를 본 건이 샤워를 했다. 차가운 물이 건의 얼굴에 닿자 정신이 조금 맑아지는 것을 느꼈다.

'제대로 한다. 내가 끌어낸 브레를 부끄럽게 해서는 안 돼.'

건이 샤워를 마치고 쓰러져 잠이 든 것은 새벽녘이었다.

다음 날부터 사흘 동안 브레와 건은 작업실에서 나오지 않았다. 파이어 큐브가 몇 번이나 밖에서 문을 두들겼지만 잠겨버린 작업실 문은 열릴 줄 몰랐다.

문에 있는 창으로 안을 들여다본 파이어 큐브가 부산하게 작업 중인 브레와 건을 보며 발을 동동 굴렀지만 그런 파이어 큐브의 모습을 보며 웃음만 짓는 둘이었다.

파이어 큐브가 작업실 문에 붙어 소리를 질렀다.

"왜에! 나도 껴줘! 나도 참가하게 해달란 말이다아아아!"

브레와 건이 작업에 들어갔다는 소문은 금방 퍼졌다. 이는 래퍼들을 통해 지인들에게 퍼졌고, 그 지인들은 다시 일반 팬들에게 소문을 흘렸다. 팬들에게 퍼진 소문은 다시 기자들에게 흘러 들어갔다.

건과 브레가 작업실에 들어가고 오 일째 되던 날 작업실 앞에 주저앉아 있던 파이어 큐브에게 손린이 다가왔다. 손린은 눈이 풀린 채 주저앉아 있는 파이어 큐브를 내려다보며 말했다.

"여기서 뭘 하고 계시죠?"

파이어 큐브가 힘없이 고개를 들며 손을 흔들었다.

"어, 안녕하세요. 오셨네요."

"여기서 뭘 하시냐고 물었어요."

"뭘 하긴요. 작업실에 들여보내 달라고 벌써 오 일째 조르고 있죠."

"왜요?"

"왜라니! 브레의 음반이라고요! 왜 날 빼놓는 건데!"

"비켜주세요. 들어가야 하니."

파이어 큐브가 실소를 흘리며 손을 저었다.

"오 일째 졸랐는데도 안 열어줘요. 당신도 내 꼴 나지 않으려면 그냥 가요."

손린이 아무 말 없이 팔짱을 끼고 파이어 큐브를 내려다보자 그가 자리에서 일어나며 말했다.

"기다려요, 그래도 손님인데 커피 한잔 내줄 테니까."

파이어 큐브가 힘없는 발걸음을 옮겨 계단을 올라가는 중 문이 열리는 소리를 듣고 화들짝 놀라 계단을 뛰어 내려왔다. 파이어 큐브의 눈에 작업실 문을 열고 들어가는 손린의 뒷모습이 보였다.

"크아아아! 뭐야!"

작업실은 손린이 들어가자마자 다시 잠겼다. 파이어 큐브가 문을 두들기며 외쳤다.

"왜! 왜! 나는 안 되고 저 여자는 되는건데에에에?"

파이어 큐브의 처절한 외침이 지하 작업실에 가득 울렸지만 잠겨 버린 문은 다시 열리지 않았다.

파이어 큐브는 한 시간이 넘도록 소리를 지르며 문을 두들겨댔지만 결국 포기하고 몸을 축 늘어뜨린 채 계단에서 불쌍하게 잠이 들고 말았다.

일주일이 지나자, 팬들의 관심이 더욱 커졌다. CMN US 뉴스 채널에서는 팬들의 관심을 한 몸에 받는 닥터 브레의 작업실에 기자와 카메라를 파견했지만, 계단에 널브러져 중얼거리는 파이어 큐브의 모습만 방송에 내보낼 수밖에 없었다.

전 세계가 지켜보는 카메라 화면 안에 계단에 누워 눈이 풀린 채 중얼거리는 파이어 큐브가 나왔다.

"왜, 왜 나는 안 되는데……."

힙합씬의 관심이 더욱 집중되고 스넵 역시 매일 직원을 파견하여 브레의 작업실 앞을 지키게 했다.

브레의 Deats 매장 앞에는 검은 승용차들이 항상 가득했다. 승용차 내부에는 래퍼 본인이 있거나, 래퍼들이 파견한 직원들이 시간별로 상황을 전화로 보고 하고 있었다.

그리고 칠 일째 되던 날, 손린이 작업실을 나섰다. 많은 기자와 힙합 관계자들이 그녀에게 작업실 내부 상황을 물었지만, 찬 바람이 쌩하고 불 듯 사라져 버린 그녀의 뒷모습만 바라볼 뿐이었다. 그리고 드디어 십 일째 되던 날. 브레와 건이 작업실 문을 열고 나왔다.

파이어 큐브는 브레에게 달라붙어 그의 일거수일투족을 함께 했지만, 작업실에서 나온 브레는 더 이상 작업을 진행하지 않았다.

단지 평소와 마찬가지로 사업 일정을 소화할 뿐이었다. 스넵이 브레의 소식이 궁금해 수시로 파이어 큐브에게 전화를 걸었다.

브레가 사업차 여러 사람을 만나고 다니는 것을 안 파이어 큐브가 홀로 작업실에서 PC를 뒤지고 있을 때도 스넵에게서 전화가 걸려왔다.

"헤이, 파이어! 뭐 소식 없어?"

"휴, 없어요. 작업실 나온 후부터는 평소와 같아요."

"그래? 케이는 뭐 하는데?"

"걔가 더 이상해요. 중국 이사랑 매일 붙어 다니면서 뭔가 쑥덕쑥덕하고만 있는데, 제가 다가가면 갑자기 말을 안 하고 딴청만 피우고요."

"음…… 뭔가 있는데…… 뭔가 평소와 다른 건 없어?"

"평소와 다른 것은…… 아, 브레가 요새 부쩍 파인애플 쪽 사람들이랑 많이 만난다는 것 정도?"

"그게 뭐야? 이 자식아. 브레는 원래 파인애플 소속인데 그게 뭐가 이상해?"

"그거 말고는 없어요, 휴우."

"알았다, 뭔가 소식이 있으면 바로 연락해. 궁금해서 미쳐 버릴 것 같으니까."

전화를 끊은 파이어 큐브가 머리를 쥐어뜯으며 외쳤다.

"으아아아! 궁금해, 궁금해!"

30분이 넘도록 머리를 붙잡고 작업실의 의자를 발로 차며 발광을 하던 파이어 큐브가 문득 스넵과의 대화에서 자신이 말했던 것을 떠올렸다.

'응? 파인애플?'

후다닥 자리에 앉아 PC에 파인애플 홈페이지를 띄운 파이어 큐브의 눈에 신상품 예고 페이지가 떠올랐다. 한 입 베어 문 사과의 문양이 왼쪽 위에 위치하고 검은색과 하얀색의 적절한 조화로 심플하지만 고급스러워 보이는 파인애플의 상품 소개 페이지 메인에는 팝업창이 떠 있었다.

고개를 숙인 브레가 눈 아래로는 그림자가 져 보이지 않도록 고개를 숙인 사진 아래, 하나의 문구가 떠 있었다.

Deats By Dr. Bre 신상품 공개 D-10.

파이어 큐브가 눈을 크게 뜨며 말했다.

"뭐? 뜬금없이 무슨 신상품 공개야? 어라? 물건도 안 보여주고 예약 판매를 해? 이걸 누가 사, 미친 거 아냐? 어라? 지금 예약 구매하면 사은품 제공인데…… 사은품이 뭔지도 안 알려주네?"

턱을 괴고 PC 화면을 보던 파이어 큐브가 에라 모르겠다는 심정으로 예약 구매를 누르고 결제를 진행했다. 결제 진행창의 로딩화면이 지나가고 결제에 성공했다는 화면을 보는 파이어 큐브의 눈이 커졌다.

"뭐? 예약 구매가 벌써 천오백 건? 500달러나 하는 걸 상품도 안 보고 사는 놈이 이렇게 많단 말이야? 나 말고도 미친놈들이 이렇게 많다니."

예약 구매를 완료한 고객에 한해 현재까지의 예약 구매 현황을 보여주는 화면을 본 파이어 큐브가 놀란 얼굴로 멍하니 화면을 보고 있는 중 전화기가 울렸다.

"어, 네미넴. 왜?"

-야, 파인애플 페이지 봤냐?

"어, 봤어. 삼촌이 하는 거라 방금 예약 구매 걸었더니 상품도 안 보고 사겠다는 놈이 천오백 명이나 있더라."

-어, 나도 그중 하나다.

"뭐? 너도 샀어?"

-그래, 지난번에 받은 헤드폰 줄이 망가져서.

"응? 네가 가진 건 와이어레스 아니었어?"

-그거 음질 별로야. 줄 있는 게 나아서 바꿨지.

"으음…… 근데 이거 뭘까? 삼촌이 새 상품 준비하는 거 몰랐는데."

-모르지 뭐. 기다려 보자고 열흘 뒤에 알게 되겠지. 아, 스넵도 방금 샀다고 하더라.

"그래? 알았어. 기다려 보자고."

파인애플이 발표한 Deats by Dr.Bre 는 상품의 세부 스펙이

나 기본적인 디자인도 공개되지 않은 채 예약 판매가 계속되었고, 사전 제작 물량으로 공시된 3천 개의 헤드폰은 상품 공개 하루 만에 모두 소진되었다.

뒤늦게 소식을 듣고 파인애플 홈페이지로 접속한 사람들은 'Sold Out'이라는 스티커만 덩그러니 남겨진 화면을 보고 파인애플에 이 메일로 문의를 시작했다.

파인애플에 이 메일로 무수히 많은 예약 구매 추가 문의가 이어지자 파인애플 본사의 CS 메일 공식 답변이 SNS에서 화제가 되었다.

〈Dear. User ID 1000074〉

우리는 당신의 메일을 잘 받아 보았습니다.

파인애플은 앞으로 10일 뒤 Deats by Dr. Bre 의 새 상품을 내놓을 예정입니다.

이 상품은 기존 'Deats Pro'에 비해 혁신적인 기술을 추가한 상품이며, 뮤지션인 닥터 브레 가 직접 디자인한 상품입니다. 예약 구매는 선제작 물량인 3,000개만 제작되었으며 예약 구매한 물건의 발송이 완료되면 리미티드 에디션으로 만 개를 추가 생산할 예정에 있습니다.

우리는 당신이 이 혁신적인 물건에 대해 기대해 주는 것에 깊은 감사의 인사를 보냅니다.

새 상품의 이름과 프로모션 영상은 10일 뒤 정오(PM 12 : 00)에 파인애플 홈페이지를 통해 공개될 예정이며, 공개 한 시간 반 후인 13시 30분부터 추가 예약 주문을 받을 예정이니, 해당 시간에 다시 주문해 주시기 바랍니다.

리미티드 에디션은 이후 추가 생산하지 않을 예정임을 유의해 주시어 꼭 그 시간에 주문에 성공하시길 바랍니다.

감사합니다. 파인애플 개발자센터.

급속도로 SNS로 퍼져나간 파인애플의 공식 답변은 미국의 뉴스 채널에 방영됨과 동시에 엄청난 화제가 되었다.

세계는 10일 뒤 파인애플이 공개할 비밀스러운 신규 상품과 프로모션 동영상을 기다리며, 피 마르는 십 일을 보냈다. 그리고 10일 뒤 오전부터 모든 방송사와 팬들의 이목이 파인애플의 홈페이지에 집중되었다.

지난 10일간 파인애플의 주가는 무려 7% 상승하여, 이전 CEO의 사망 이후 잠시 주춤했다가, 아리폰 7시리즈를 발표하며 상승했던 것과 비슷한 주가 곡선에 추가 상승 곡선을 그려내 많은 투자자의 웃음을 자아냈다.

그리고 정오를 십 여분 남겨놓은 때 전 세계의 많은 이가 PC 앞에 모였다.

스넵과 네미넴 역시 스넵의 자택에서 PC 화면을 대형 TV로 연결 후 '연결 중'이라는 표기가 된 검은 동영상 재생화면에 시선을 고정하고 있었다. 조용한 스넵의 저택 거실. 소파에 앉아 TV에 시선을 집중하고 있는 스넵과 네미넴 외에 소파 뒤에 수많은 사람이 서 있었다.

대부분 스넵의 일을 하는 스텝들이었는데, 그들 역시 궁금증을 참지 못하고 TV 앞에 모였지만 바늘 떨어지는 소리조차 크게 들릴 정도의 침묵을 유지하고 있었다.

예고된 12시에 10초가량이 남았을 때 누군가가 침을 삼키는 소리에 놀라 몇몇이 돌아볼 정도였다.

그리고 시간이 되자 스넵이 PC 연결을 맡은 스텝에게 고갯짓을 했다. 노트북 앞에 앉은 스탭이 재생 버튼을 누르자 잠시 로딩화면이 나온 후 영상이 재생되었다.

화면은 한밤중 응급 차량이 출동하여 2층 주택에서 누군가의 시신을 응급차로 실어가는 화면부터 시작되었다.

응급차로 실려 가는 사람의 머리까지 흰색 담요가 덮어씌워진 것을 보니 사망자를 나르는 듯했다.

사운드 없이 구경을 나온 사람들 사이로 다급히 움직이는 응급요원들의 모습을 보며 네미넴이 나직하게 말했다.

"커리스?"

스넵이 턱에 난 수염을 쓸며 말했다.

"맞는 것 같군."

영상이 반전되며 링컨 메모리얼 파크의 노을 진 저녁 풍경으로 바뀌었다.

멀리서 하얀 벤틀리 GT가 다가오는 것을 초점 나간 렌즈가 비추었다. 차가 점점 다가오자 카메라의 초점이 점점 맞추어졌다. 차 문이 열리며 음악이 재생되기 시작했다.

스넵이 마시고 있던 맥주를 테이블에 내려놓으며 몸을 굳혔다.

"Daddy Was A Doctor Bre?"

그랬다. 차에서 내리는 자의 모습을 비추어주며 흘러나오는 음악은 커리스 영이 생전에 'Hood Sargen'이라는 이름으로 발표한 'Daddy Was A Doctor Bre'의 전주였다.

전자 키보드의 비트가 그루브함을 함께 담아 재생되자 슬로우 비디오로 차에서 내린 닥터 브레의 선글라스 쓴 모습이 나왔다. 카메라는 브레의 모습을 360도 회전하며 담아냈다.

닥터 브레가 천천히 걸음을 옮겨 묘비들이 있는 무덤가의 사잇길로 올라가기 시작했다.

음악은 어느새 커리스 영의 음색이 담긴 랩 파트로 넘어가기 시작했고, 한 묘비의 앞에 브레가 멈춰 서자 음악이 멈추고 침묵이 흘렀다.

가만히 묘비를 내려다보던 브레가 선글라스를 벗었다. 맨얼굴을 드러낸 브레가 한쪽 무릎을 꿇었다. 카메라가 그런 브레의 옆 모습을 비추다가 그가 손을 내뻗자 그의 손을 따라 바닥을 비추었다. 바닥에 새겨진 묘비의 이름이 클로즈업되었다.

'Curis Young 1981. 12. 15 ~ 2008. 08. 10.'

닥터 브레가 섬세한 손길로 묘비에 새겨진 커리스의 이름을 만진 후 하얀색 긴 팔 셔츠의 팔을 걷어 올렸다. 다시 선글라스를 쓴 브레가 일어나며 양 팔꿈치를 붙이고 앞으로 내밀었다. 카메라가 그의 양팔을 클로즈업하자 팔에 새겨진 문신이 보였다.

'My Son Curis'

브레가 붙였던 양팔을 떨어뜨리자 팔 사이에서 불꽃이 일며 화면 속 브레의 모습이 바뀌었다.

엄청난 크기의 금색 목걸이를 차고 Newera 모자를 똑바로 쓴 브레가 얼굴의 반을 가리는 선글라스를 쓰고 인상을 찡그리며 앞으로 빠르게 걸어왔다. 동시에 TV의 스피커가 터질 듯한 사운드가 폭발했다.

사운드는 힙합의 비트가 아니었다. 오히려 록 음악에 가까웠는데 그것은 마치 'Limp Bizkit'의 음악 같이 폭발하는 사운드였다.

음악이 터져 나오자 편한 자세로 TV를 보고 있던 네미넴이 벌떡 몸을 일으키며 눈을 크게 떴다.

"뭐야!"

스넵이 소파에서 등을 떼고 앞으로 몸을 숙이며 선글라스를 내렸다. 화면 속의 브레가 인상을 잔뜩 찌푸린 채 화면을 손가락질하며 외쳤다.

"i wanna be a motherfuckin Father, ya betta ask somebody."

(난 빌어먹을 아버지가 될 거야, 딴 놈한테 물어보라고.)

닥터 브레의 한 마디가 울린 후 스피커를 찢을듯한 록 음악이 멈췄다. 침묵 속에 화면이 전환되며 다시 커리스 영의 묘비가 있는 링컨 메모리얼 파크의 잔디밭 위에 홀로 놓인 검은 그랜드 피아노가 비춰졌다.

검은 그랜드 피아노 옆에 놓인 하얀색의 더없이 아름다운 기타가 노을 진 잔디밭을 배경으로 외롭게 서 있었다.

드론으로 촬영한 듯 공중에서 빙글빙글 돌며 그랜드 피아노와 옆에 세워진 하얀 기타를 촬영하는 카메라 앵글 안에 하얀색 셔츠에 검은 바지를 입은 검은 머리의 남자가 들어왔다. 남자는 천천히 그랜드 피아노로 다가가 피아노를 한 번 쓰다듬더니 의자에 앉았다.

카메라가 공중에서 점점 다가가 사내에게 다가갔다. 스넵이 선글라스를 벗어 던지며 놀란 눈을 떴다.

"케이? 케이잖아?"

화면 속에 눈을 감은 케이가 고개를 들고 하늘로 시선을 들었다. 아름다운 미소년의 옆 모습과 링컨 메모리얼 파크의 아름다운 풍경이 어우러졌다.

어디선가 바람 한 줄기가 불어 케이의 앞머리를 살짝 흔들자 케이가 고개를 숙이며 몸 전체를 이용해 그랜드 피아노를 두들겼다.

피아노로 다시 'Daddy Was A Doctor Bre'의 전주 부분이 연주되었고, 곧바로 화면이 전환되며 오케스트라의 무대에 홀로 선 여성 바이올리니스트가 케이의 피아노 소리와 화음을 이루는 바이올린을 연주하는 모습이 흘러나왔다.

역동적인 모션으로 연주하는 여성 바이올리니스트의 옆에 흑인 첼로이스트가 앉아 연주에 가세하고, 화면이 그들을 비추고 있는 카메라의 정 반대편으로 돌아가자 50여 명이 넘는 대규모 오케스트라가 'Daddy Was A Doctor Bre'를 함께 연주했다. 지휘자의 역동적인 모션으로 오케스트라는 하나가 되었고, 모두 함께 연주하는 커리스의 음악이 TV의 스피커로 터져 나왔다.

오케스트라의 음악 위에 전자 드럼의 비트가 올라타자 다시 브레의 모습이 비춰졌다. 브레는 지하 주차장으로 보이는 공간에서 화면을 손가락질하며 랩을 뱉어냈다.

I'm on the mic, I'm back with Kay.

(난 마이크를 잡았어, 케이와 함께 돌아왔어.)

To leave motherfuckers in a daze, fucked up.

(개자식들은 혼란스럽게 돼, ×된 상태로.)

So sit back relax new jacks get smacked.

(그러니 앉아서 편히 쉬어, 애송이들은 한 대 맞지.)

It's me, ya see, D.R.B.R.E! Dr. Bre!

(나야, 보다시피, D.R.B.R.E! 닥터 브레!)

화면을 찢을 듯이 앞으로 전진하며 랩을 내뱉는 브레의 모습을 멍하니 보던 스넵이 피식 웃었다.

"이거, 이거 엄청 시끄러워지겠는데?"

네미넴 역시 멍한 표정으로 화면에 시선을 고정한 채 말없이 고개를 끄덕였다. 화면 속의 브레가 주차장에 주차된 차 중 아우디 R8의 본 네트 위로 뛰어 올라가 앉아 손가락으로 한 방향을 가리키자, 엄청난 사운드로 울려 퍼지던 오케스트라의 소리가 일순간 멈췄다.

지하 주차장으로 내려온 누군가의 발이 보였다. 아디다스 슈퍼스타 슬립온을 신은 발의 주인이가걸음을 잠시 멈추었다가 옮기자 카메라가 신발부터 다리를 거쳐 상체와 얼굴의 옆모습을 비추었다. 주차장에 내려와 브레를 바라보는 케이의 옆 모습이 약간 슬퍼 보였다.

케이가 양손을 들고 하늘을 바라보며 입을 열었다.

A black night, a black bird sings.

(적막한 밤, 검은 새가 노래하네.)

I'm trying to learn how to look at two eyes.

(푹 꺼진 두 눈으로 보는 법을 배우려 하네.)

I've been waiting for this whole moment of your life to be free.

(한평생을 너는 자유로워질 이 순간만을 기다려왔지.)

Black birds fly, black birds fly.

(검은 새야 날아라, 검은 새야 날아라.)

Fly into the light of the dark night.

(어두운 밤의 빛 속으로 날아라.)

케이의 입에서 터져 나온 소리는 예의 미성이 아닌 굵은 톤의 피 토하는 듯한 보컬이었다.

마치 늙어버린 아버지의 가래 섞인 목소리로 죽은 아들에게 외치는 듯한 노래가 주차장 가득 울려 퍼졌다.

다시 화면이 전환되어 R8에 앉아 있는 브레가 랩을 터뜨렸다.

where them Son ride, and slide, you know about the heaven.

(저 아들이 가는 곳으로, 떠나는 곳으로, 천국에 관해선 잘 알지.)

Niggaz like myself, here to show you where it's at.

(나 같은 놈은, 너에게 뭐가 어디에 있는지 보여주러 왔어.)

Fuck that nigga bitch. My Son name is Curis Young you betta recognize.

(그 자식 집어치워, 내 아들 이름은 Curis Young이야, 알아두는 게 좋을걸.)

His music is so fuckin dope.

(그 자식 음악은 ×발 쩔었어.)

Now, I'll play the son in this deadly game.

(자, 이 치명적인 게임에서 아들을 연주할게.)

다시 화면이 오케스트라를 비춰주며 'Daddy Was A Doctor Bre'가 폭발적으로 연주되었다. 다른 것이 있다면 하쿠를 멘 건이 오케스트라의 정 가운데에 서서 기타를 연주하고 있는 것이었다.

건이 'Daddy Was A Doctor Bre'의 연주 위에 엄청나게 빠른 애드립을 올렸다. 애드립의 음은 'Daddy Was A Doctor Bre'에서 커리스의 랩 부분의 음을 기타로 연주하는 듯 빠르게 진행되었다.

브레가 아우디 내부로 뛰어들어가 운전석에 탄 뒤 헤드폰 하나를 들어 귀에 썼다. 헤드폰의 귀 부분에는 'Hood Sargen'라는 글이 멋들어지게 쓰여 있었고, 헤드폰의 전체적인 색은 검은색으로 이루어져 있었다.

검은색 헤드폰의 군데군데 녹색의 멋들어진 디자인들이 수놓아진 감각적인 헤드폰을 쓴 브레가 화면으로 헤드폰의 옆모습을 보여주며 헤드폰을 톡톡 두들겼다.

카메라가 브레가 손으로 두들기고 있는 헤드폰을 클로즈업해 보여준 후 화면이 검게 변했다.

하지만 오케스트라와 케이의 기타, 둥둥거리는 힙합 비트는 계속 울려 퍼지고 있었다. 그리고 검은 화면에 하얀 글씨가 떠올랐다.

Deats By Dr. Bre Hood Sargen Limited Edition

화면에서 글자가 흩어지듯 사라지며 화면 가득 커리스 영의 생전 사진이 떠올랐다. 화면 속 그는 한 쪽을 보며 밝게 웃고 있었다. 잠시 커리스의 모습을 클로즈업해서 비추어주던 카메라가 그가 보고 있던 옆으로 화면을 옮겼다. 그곳에는 세차를 하고 있는 듯한 닥터 브레가 아들을 보며 해맑게 웃고 있었다.

둘의 사진이 멀어지며 하얀 글씨가 떠올랐다.

I hope this music can be heard in my son's ear in heaven.
(천국에 있는 나의 아들의 귀에도 이 음악이 들리기를 바라며.)

다시 사진과 글씨가 사라진 후 'Hood Sargen'의 헤드폰이 떠올라 빙글빙글 돌며 전체적인 디자인이 보였다. 몇 바퀴를 돌고 난 헤드폰이 멈춰지고 다시 하얀 글씨가 화면에 떠올랐다.

오케스트라에서 힙합과 록음악까지. 헤드폰 계의 혁명!
Hood Sargen Limited Edition.

글이 화면에 떠진 상태로 영상의 재생이 종료되었다. 멍하니 화면을 보고 있던 스넵이 한숨을 내쉬었다.
"휴, 두 마리 토끼를 다 잡았군."

전 세계가 파인애플의 신제품 'Hood Sargen Limited Edition'에 열광했다. 프로모션 비디오는 유튜브에 올리지 않아 오직 파인애플의 제품 소개 페이지에서만 볼 수 있었다.

파인애플 측은 프로모션 비디오 공개 한 시간 반 후에 제품의 추가 예약을 받는 동시에 유튜브에 비디오를 공개함으로써 사이트에 몰리는 트래픽을 감소시켰다.

파인애플 입장에서는 이미 충분한 화제를 모았기 때문에 트래픽량 증가라는 리스크를 안을 이유가 없었다.

브레와 건은 파인애플의 홈페이지와 다르게, 조회 수가 실시간으로 표기되는 유튜브에 올린 동영상의 순식간에 오르는 조회 수를 모니터링하며 웃었다.

브레가 작업실 옆자리에 편안히 앉아 있는 건에게 말했다.

"빚을 졌군. 잊지 않을게, 케이."

건이 팔짱을 끼며 웃음을 지었다.

"저도 빚을 졌죠. 저에게 가르침을 주셨으니까요. 거기에 래퍼들과의 친분도요."

브레가 고개를 끄덕이며 말했다.

"가르치는 거야 아무나 할 수 있지만, 래퍼들과의 친분은 확실히 네가 가져갔군. 안 그래도 나한테 널 소개해 달라는 래퍼들이 줄을 섰으니까 말이야."

건이 웃는 얼굴로 손가락을 까딱거렸다.

"그래도 전화번호를 뿌리지는 말아주세요. 여자 래퍼라면 모를까. 하하!"

브레가 피식 웃으며 말했다.

"여자 래퍼도 있어. 여자 래퍼들한테 지금 당장 네 전화번호 뿌릴까?"

건이 어깨를 으쓱하며 말했다.

"하하, 아니요. 농담이에요. 전 학교로 돌아가 봐야 돼요. 방학도 한 달밖에 안 남았거든요."

브레가 고개를 끄덕이다 문득 건을 보며 말했다.

"파이어한테 들었는데 학교는 졸업할 때까지 다닌다고 했다며? 이유는 전해 들어서 이해는 된다만, 지금 전 세계가 널 주목할 때 데뷔하는 게 낫지 않겠어? 학교 다니면서도 앨범은 낼수 있을 텐데 말이야."

건이 피식 웃으며 말을 받았다.

"지금 데뷔하면 힙합을 해야 하잖아요, 하하 전 아직 제가 어떤 음악을 할지 안 정했어요."

브레가 빤히 건을 보다가 팔짱을 끼며 한숨을 쉬었다.

"휴, 그래. 그럼 나랑 약속 하나만 하자."

"네? 어떤 약속이요?"

"언제가 됐든 네가 앨범을 만들면 프로듀싱은 내게 맡겨라.

무보수로 해주지."

"무보수요? 정말이요?"

"그래, 은혜는 갚고, 원한은 돌려준다. 그게 내가 사는 법이야. 아, 그리고 파이어한테 준 곡도 계속 차트 상위권이야. 그 빚도 갚아야지."

건이 장난스럽게 만세를 하는 액션을 취하며 말했다.

"와아! 닥터 브레의 프로듀싱이라니! 그게 얼마짜리죠?"

브레가 건을 보며 웃다가 갑자기 걸려온 전화를 보고는 손을 들어 건에게 양해를 구했다.

"어, 나야."

"음? 그래 확인해 보지."

간단하게 전화를 받은 브레가 PC로 다가가 파인애플의 관리자 페이지로 접속하더니 건을 돌아보며 함박웃음을 지었다.

"예약 판매 만 개, 벌써 다 나갔다. 하하"

건이 엄지손가락을 치켜들며 말했다.

"와우! 멋져요. 근데 정말 만 개만 하실 거예요? 훨씬 더 많이 파실 수 있을 것 같은데."

브레가 고개를 끄덕이며 말했다.

"음, 리미티드 에디션은 한정 상품이어야 그 의미가 퇴색하지 않지. 아마 다운 그레이드해서 다른 디자인으로 좀 더 싼 모델을 양산할 것 같아. 더 많은 수량이 팔리면 이익도 늘어나니까."

건이 양손을 들어 올리며 말했다.

"저야 뭐, 사업은 잘 모르니까 알아서 하시겠죠?"

브레가 웃음을 짓고 있는 건을 빤히 보다가 물었다.

"이제 학교로 돌아가나? 더 알려줄 것도 없는데 말이야."

"아뇨, 아직 방학이 남아서 뭘 해야 할지 고민 중이에요. 지난번 방학 때도 갑자기 유명세를 타는 바람에 시애틀 여행도 제대로 못 했거든요. 그런데 이번 방학도 마찬가지인 것 같네요, 흠."

"그렇지. 가게 밖에만 해도 기자들이 진을 치고 있으니까 말이야. 당장 넌 호텔로 돌아갈 걱정이나 해야 할걸? 저 기자들을 뚫고 가려면 말이야."

"인터뷰야 해주면 되는 건데요, 뭐. 괜찮아요."

"그럼 다음 계획을 세우기 전까지만이라도 머물다가 가, 그냥 보내면 서운하니까."

"네, 그럴게요."

브레가 자리에서 일어나며 장난스러운 눈으로 말했다.

"자, 그럼 일도 끝났으니 파티를 즐겨볼까? 스넵이 오늘도 파티를 준비했다던데."

건이 테이블 위에 엎드리며 소리쳤다.

"제바아아알! 술은 그만 주세요오. 흑."

브레가 엎드린 건을 툭툭 건드리며 말했다.

"안 일어나면 들쳐업고 갈 거야. 스넵이 너 안 데리고 오면 가만두지 않겠다고 했거든."

"안 돼요! 저 지난번에 먹은 술이 아직도 소화가 안 됐다고 요."

결국, 십여 분의 실랑이 끝에 덩치 큰 브레의 어깨에 얹혀 끌려가던 건은 밖에 대기하고 있던 수많은 기자 앞에 그 꼴을 내보이고 말았다.

기자들의 질문을 손짓으로 일축해 버린 브레와 함께 간 파티에서 또 한 번 스넵과 래퍼들의 술 공격을 받은 건은 무려 이틀이나 호텔에서 나오지 못했다.

겨우 호텔에서 나온 건의 눈에 호텔 문 앞에 팔짱을 끼고 있는 파이어 큐브가 들어왔다. 파이어 큐브는 건을 보자마자 하얀 이를 드러내며 웃었다.

"자, 쉬었으면 또 마셔야지?"

며칠 뒤 자메이카 몬테고베이 국제공항.

모자와 마스크로 얼굴을 가린 채 캐리어를 든 건이 숨을 막히게 하는 더운 바람을 맞으며 기지개를 켰다.

'탈출 성공! 조금만 더 있었다면 난 죽었을지도 몰라!'

건이 공항 밖으로 나와 스마트폰의 비행기 모드를 해제하자 밀려 있던 문자들이 한꺼번에 도착했다.

-Sneep : 너 어디 있냐? 오늘도 한잔해야지?

-Bre : 케이, 잘 도착했어? 자메이카 여행 잘하고 무슨 일 있으면 바로 연락해. 아 그리고 앨범이 준비되는 대로 새 싱글을 낼 거니까, 꼭 들어 보고.

-Fire cube : 케이, 신세 많이 졌다. 내가 한번 놀러 갈게.

-Neminem : 케이, 스넵이 너 간 거 말 안 했다고 파이어한테 총 들고 찾아갔어.

-James : 헤이, 나야. 다음 앨범 작업 부탁 좀 하려고 하는데, 연락 좀 줘.

-시화 : 오라방, 나 네미넴 사인 좀.

-엄마 : 건아, 잘 지내지? 먹고 싶은 것 있으면 말해, 보내줄게.

-손린 : 건 씨, 덕분에 여러 뮤지션들과 계약이 성사되었어요. 고마워요. 자메이카 여행 잘 다녀오세요.

스넵과 네미넴이 보낸 문자를 보고 식은땀을 흘리던 건이 재빨리 택시를 잡아 트렁크에 캐리어를 넣은 후 하쿠만 메고 택시에 올라탔다.

"자메이카 페가수스 호텔이요."

다행히 자메이카는 발음이 조금 달랐지만, 영어를 사용하는 국가였기 때문에 소통에는 문제가 없었다.

흑인 택시기사가 에어컨의 온도를 낮춰주며 웃었다.

"자메이카에 오신 걸 환영합니다. 아이고 손님! 이 더운 날씨에 모자에 마스크까지! 자메이카에는 처음 오신 건가요?"

건이 자꾸 미끄러지는 하쿠를 무릎에 얹으며 웃었다.

"네, 처음이에요. 혹시 추천해 주실 여행지가 있으면 알려주실래요?"

"자메이카는 작지만 볼 것이 많은 나라죠. 휴양을 오셨다면 먼저 니그릴 절벽(Negril Cliff)에서 다이빙을 해보시는 것을 추천해 드립니다."

"예? 절벽에서 다이빙이요? 위험하지 않나요?"

"한 해에 수만 명의 관광객이 찾는 곳인데 그럴 리가요. 안전 요원들도 배치되어 있어서 즐기시기 좋을 겁니다. 오후에 가시면 바다로 지는 석양도 보실 수 있고요, 아! 너무 늦게 가시면 다이빙 금지시간이 되니 오후 3시 전에는 가세요."

"아, 그렇군요. 아름답겠네요. 꼭 가볼게요."

"기타를 가지고 계시는 걸 보니 음악에 관심이 있으신 분인가 보군요? 그렇다면 롭 말리 박물관(Rob Marley Museum)도 꼭 한번 가보세요. 자메이카가 낳은 세계적인 뮤지션이니까요."

"하하, 사실은 그거 보러 왔어요. 감사합니다."

택시기사와 두런두런 이야기하는 사이 택시가 호텔 앞에 도착했다. 택시가 서자 재빨리 다가온 벨보이가 트렁크를 열고 건의 캐리어를 꺼내 들고 로비로 안내했다.

기사에게 팁을 두둑히 챙겨준 건이 벨보이가 들어간 로비로 발걸음을 옮겼다. 자메이카 페가수스 호텔은 고급 호텔에 속했기에 내부 인테리어 역시 깔끔했다.

로비 중앙 프런트에서 여권과 호텔 예약번호를 내민 건을 본 흑인 여성 직원이 친절한 미소를 머금었다.

"자메이카 페가수스 호텔에 오신 것을 환영합니다."

모자와 마스크로 얼굴을 가린 건이 마스크 사이로 보이는 눈으로 눈웃음을 지어 보이자 여성 직원이 건이 내민 여권을 확인하려고 여권을 열고는 그대로 굳어버렸다.

'케, 케이!'

여권을 잡은 그녀의 손이 바들바들 떨렸다.

건이 여성 직원을 보지 못하고 로비를 구경하고 있다가 직원의 움직임이 없자 그녀를 쳐다보았다. 그때야 여권에 자신의 사진이 있음을 눈치챈 건이 조용히 검지를 들어 입에 댔다. 그녀가 놀란 눈으로 건을 보며 정신없이 고개를 끄덕이다 건 쪽으로 가까이 와 말했다.

"죄송하지만, 유명인이 오시면 지배인님에게 보고해야 합니다. 그러면 방을 업그레이드 받으실 수 있을 거예요. 괜찮으신 가요?"

건이 그녀를 빤히 보다가 낮은 목소리로 말했다.

"어차피 보고해야 하는 거라면 방이라도 좋은 걸 받으면 좋 겠죠, 하하!"

허락을 받은 여성 직원이 전화로 이 사실을 알리자 흰머리 가 듬성듬성 난 지배인이 검은 정장을 입은 채 헐레벌떡 달려 나왔다.

지배인은 건을 보자마자 손을 내밀며 악수를 청했다.

"저희 호텔에 와주셔서 감사합니다. 반갑습니다, 지배인인 다미언이라고 합니다."

건이 다미언과 악수를 하자 다미언이 건의 손을 놓아주지 않은 채 한 방향을 가리켰다.

"방은 제가 안내하겠습니다. 카디아, 스위트로 잡아줘요."

카디아라고 불린 여성 직원이 고개를 끄덕이자, 다미언이 건 과 함께 VIP 전용 엘리베이터를 탔다. 다미언이 황금색으로 이 루어진 엘리베이터 안에서 건을 보며 말했다.

"이 엘리베이터는 스위트 룸 전용입니다. 저희 호텔에는 다 섯 개의 스위트 룸만 존재하니, 이용하시는 데 지장이 없으실 겁니다."

"아, 예, 감사합니다. 다미언."

다미언은 건을 방으로 안내 후 방에 대해 간단히 설명해 주고는 문 앞에 서서 말했다.

"짐을 옮겨준 벨보이가 팁 대신 사인을 원한다고 하네요, 하하. 괜찮으실까요?"

건이 흔쾌히 방 내부에 있는 메모지에 사인해 넘겨주자 다미언이 웃으며 받아 들었다.

"하히, 감사합니다. 가시기 전에 제 것도 한 장 부탁드리죠. 아, 혹시 관광 시 렌터카가 필요하시면 미리 말씀해 주세요."

"아, 전 아직 운전면허가 없어서요. 필요하면 택시를 부를게요."

"하하, 알겠습니다. 필요하신 것이 있다면 언제든 프론트에 연락해 주세요. 그럼 즐거운 시간 되십시오."

다미언이 방을 나서자, 하얀색 도배지와 침구류로 깔끔한 인테리어를 한 스위트 룸을 둘러보던 건이 창에 드리워진 커튼을 걷었다.

"와아!"

창밖으로 페가수스 호텔의 넓은 수영장이 따뜻한 햇볕에 비쳐 반짝 거리는 것이 보였다. 아름다운 외관을 보며 감탄하던 건이 침대에 앉았다.

"오늘은 롭 말리 뮤지엄부터 가보자, 하핫!"

To Be Continued

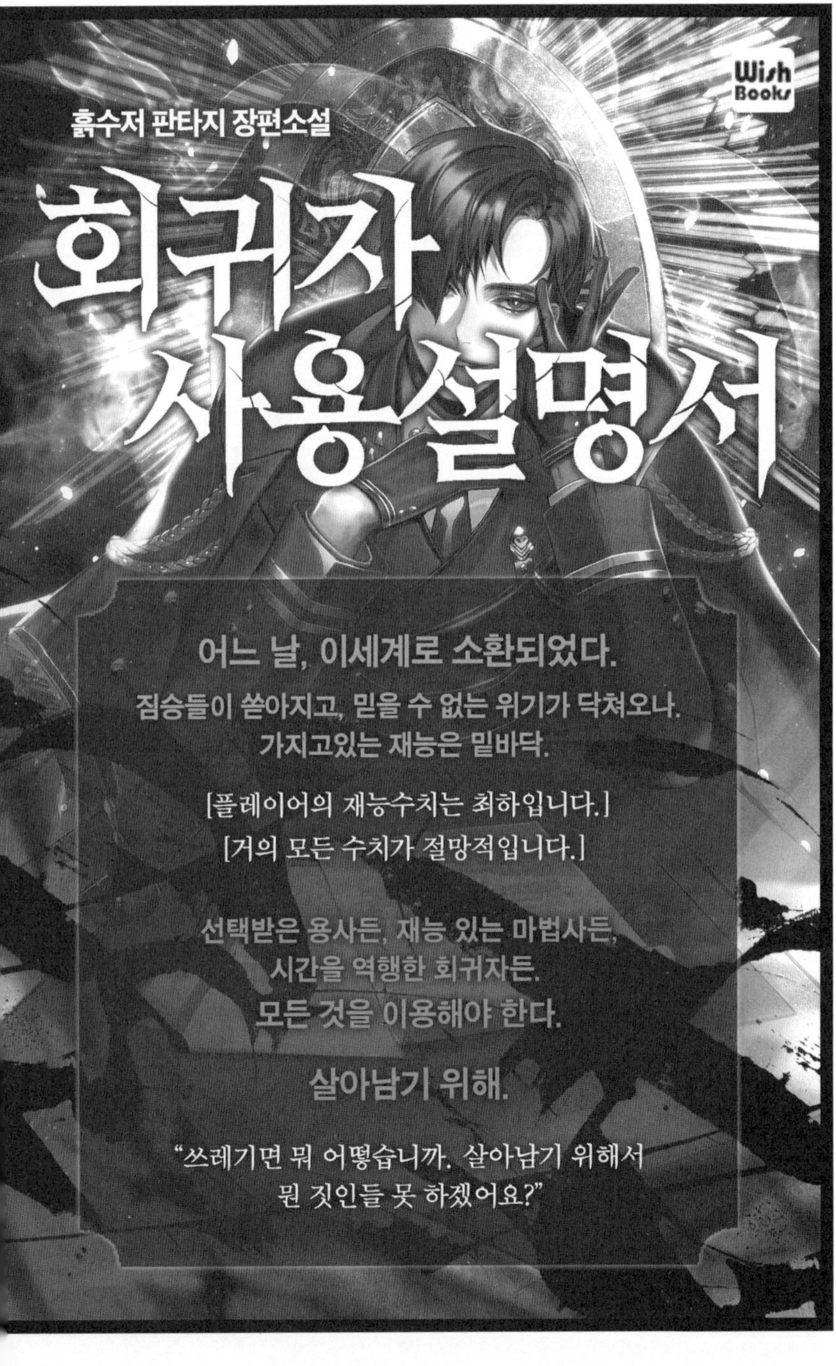
Wish Books
흙수저 판타지 장편소설
회귀자 사용설명서
어느 날, 이세계로 소환되었다.
짐승들이 쏟아지고, 믿을 수 없는 위기가 닥쳐오나.
가지고있는 재능은 밑바닥.
[플레이어의 재능수치는 최하입니다.]
[거의 모든 수치가 절망적입니다.]
선택받은 용사든, 재능 있는 마법사든,
시간을 역행한 회귀자든.
모든 것을 이용해야 한다.
살아남기 위해.
“쓰레기면 뭐 어떻습니까. 살아남기 위해서
뭔 짓인들 못 하겠어요?”

귀별도 없는 회귀

목마 퓨전판타지 장편소설

불친절하기 짝이 없는 이세계 '에리아'.
그곳에 소환된 '이성민'.

13년의 생활 끝에 죽음을 맞이한 그에게
또 한 번의 기회가 주어졌다.

재능이 없다.
그러나 그에겐 13년의 기억이 있다.

우연처럼 엮인 필연이, 그리고 목적이
그를 앞으로, 더 높은 곳으로 나아가게 한다.

**이성민은 무엇을 바라였는가.
무엇이 되고 싶었는가.**

"나는 다시 살아가 보고 싶다.
전생보다 나은 삶을."

한태민 현대 판타지 장편소설

채널마스터

CHANNEL MASTER

할아버지 집 창고 정리 중 찾아낸 텔레비전.
그런데 이놈 보통 텔레비전이 아니다.

[채널 마스터 시스템에 접속하였습니다.]
[사용자의 정보를 분석합니다.]
[필요로 하는 채널을 업데이트합니다.]

경험을 쌓아서 채널을 더 확보해라!
그 채널이 고스란히 네 능력이 되어줄 테니.

힐통령
태양의 사제

제리엠 게임판타지 장편소설

WISHBOOKS GAME FANTASY STORY

"착하긴 뭐가 착해? 저런 퀘스트를 하는 건 착해서가 아니고
그냥 호구인 거야. 호구."

등 뒤에서 멀어지는 소리에
카이가 슬쩍 그들을 돌아봤다.

'내가 호구라고? 설마.'

[곤경에 처해 있는 NPC에게 선행을 베풀었습니다.]
[선행 스탯이 1 상승합니다.]

착한 일을 하면 보상이 따라온다?!

계산적이지만 그래서 더 선행을 할 수밖에 없는
힐이면 힐, 딜이면 딜.
힐통령 카이의 미드 온라인 정복기!